徳間文庫

紅い鷹

矢月秀作

徳間書店

目次

プロローグ

夕方から降りだした雨は、夜半になってさらに激しさを増していた。

排水溝からあふれ出した下水のせいか、薄暗い路地には、異臭が立ちこめている。

「コウジ、いくらある？」

「すげえ！　三百万はあるよ、これ」

コウジは、顎と肩でビニール傘の柄を挟み、茶色い紙袋の中を覗き込んで、目を丸くした。

「こんなショボいオヤジが、三百万も持ってるなんてな――」

長髪に金髪のメッシュを入れた男は、足下に向けて、ツバを吐いた。

痰《たん》でねばついたツバが、うつぶせに倒れた工藤《くどう》の背中にまとわりつく。が、すぐに激しく降り注ぐ雨が、ツバを洗い流していった。

「カッチャン、もう行こうよ」

「そうだな」

カッチャンと呼ばれた金髪男は、濡れた前髪を掻《か》き上《あ》げ、倒れた男に背を向けた。歩き出そうとする。

が、踏み出そうとした左足首をつかまれた。

「か……返せ……」

工藤は、膝を立て、上体を起こし、金髪男の顔を見上げた。

工藤の顔は、腫《は》れ上《あ》がっていた。痣《あざ》が重なり、青黒く変色している。左眼は、脹《ふく》れた瞼《まぶた》が被さり、ほとんど視界を塞いでいた。

それでも工藤は、金髪男の足をつかんで、軋む体を起こし、立ち上がった。振り返った金髪男の胸ぐらをつかみ、声を絞り出す。

「返せ……その金は、必要なんだ」

「しつけえぞ、オッサン……」

金髪男は、右手で工藤の髪の毛をつかんで、顔を起こさせた。そして、間髪を容れず、鼻先に頭突きを叩き込んだ。

工藤の首がガクッと折れた。ひしゃげた鼻から、鮮血が噴き出す。ぐしょ濡れのスーツが真っ赤に染まる。

しかし工藤は、崩れそうになる膝を踏ん張り、金髪男の胸ぐらにしがみついた。そして、ガッと目を見開き、男を睨んだ。

「その金は、いるんだ！」

工藤は、声を張ると同時に、頭を突き出した。

不意をつかれた金髪男は避けきれず、工藤の頭頂が男の鼻下にめり込んだ。前歯が折れ、口の中に血の味が広がる。男は、頭突きの勢いで、よろよろと後退し、ストンと尻もちをついた。

金髪男は、面食らった顔をして右手のひらで口元を拭う。アスファルトに落ちた血の固まりを、雨が洗っていく。

「おまえたちに、渡すわけにはいかないんだ！」

工藤は、なおも追いかけ、金髪男を押し倒し、またがった。工藤は、握った拳を振り回し、金髪男の頰を何度も殴った。

噴き出した感情が止まらず、拳に乗り移っているようだった。

「カッチャン！」

コウジが、顔を強ばらせて、工藤を見た。

工藤が、声に気づいて振り向く。その手に封筒が見えた。

「その金を返せ！」

工藤は、金髪男から離れると、力を振り絞り、コウジに駆け寄った。

コウジは傘を放り出して逃げようとした。工藤は腕を伸ばし、背後からコウジの襟首をつかんで、引き寄せた。小柄なコウジの体が、工藤のほうへ引き戻される。

「返せ！」

「返します、返します！」

コウジは、茶封筒を持っていた右手を差し上げた。

工藤は、手から封筒を奪い取り、コウジを突き飛ばした。コウジがよろけて、うつぶせに倒れた。くぼみに溜まった汚水が弾け飛ぶ。

工藤はスーツの横ポケットに封筒を突っ込むと、ふらつきながら、大通りへ向かって歩き出した。

「何すんだよ、オッサン……」

倒れていた金髪男が、むっくりと体を起こした。

少しの間、座り込んだまま、顔に垂れてきた雨粒を手のひらで拭う。顔が腫れている。触っただけで痛みを覚える箇所もある。口元を拭うと、血の混じった唾液が、ドロッと指の間に流れてきた。

自分の手のひらに付いた血を見つめていた金髪男が、ゆっくりと立ち上がった。

「何してくれてんだよ、オッサン」

振り返った男の眼が、工藤の背中を捉える。見開いた眼の中で、黒目が浮いていた。

男が、傘を拾い上げる。

「カッチャン……」

上体を起こしたコウジは、金髪男の顔を見て、すくみ上がっていた。

「何かましてくれてんだよ、オッサン！」

怒鳴った金髪男は、傘を右手に握りしめ、工藤に向かって、駆け寄った。

「カッチャン、やめろ！」

コウジが、金髪男の足にしがみつこうとした。が、間に合わず、男がコウジの手をすり抜けていく。

「カッチャン！」

コウジが叫ぶ。

ようやく、コウジの声に気づいた工藤が立ち止まり、振り返ろうとした時だった。

背中に鈍い衝撃を覚えた。一瞬、息が詰まる。冷たい感触と熱いしびれが、背中の真ん中あたりにジワリ広がる。

「なん……だ？」

工藤は、首を傾けて後ろを見た。

背後に金髪男が立っていた。その手には、コウジが放り出した傘が握られていて、先端がまっすぐ工藤の背中に――。

工藤は、さらに振り返ろうと、右足を持ち上げようとした。が、しびれて動かず、体が傾いた。路上に倒れるとき、工藤の背中から冷たく硬い感触が抜けた。

横向きに倒れた工藤の背中から、血が噴き出していた。心臓が背中についてでもいるように脈を打つたび、傷口が疼《うず》く。

その背中を、金髪男が蹴飛ばした。工藤は、さらに息を詰めて仰け反った。

「歯が折れちまったじゃねえか。服も血で汚れちまったじゃねえか。どうしてくれるんだよ、オッサン！」

金髪男は、持っていた傘を振り上げ、工藤を殴りつけた。

工藤は、腕で顔面をカバーするのが精いっぱいだった。背中が痛み軋んで、体を丸めることもできない。

「これからデートなんだぞ、こら！　どうすんだよ！　この顔、どうしてくれんだよ！」

「カッチャン、やめろって！　殺す気かよ！」

駆け寄ってきたコウジが、金髪男の振り上げた傘をつかむ。が、金髪男は、傘を振り上げたまま、工藤に蹴りを飛ばした。

怒りが収まらないのか、とにかく暴行を加えたいようだった。

次第に、工藤の意識が薄らいできた。頬に雨が降り注いでいることすら、わからなくなっている。

傘を取り上げたコウジが、工藤の脇に駆け寄り、屈み込んだ。ポケットから金の入った封筒を抜き取る。

工藤は封筒を取り返そうと腕を伸ばした。指先が細かく痙攣《けいれん》していた。

「か……返せ……」

「金ぐらい、いいだろ。あんた、殺されちまうぞ！」

コウジが、小声で言う。

「殺《や》るなら殺れ……。でも、その金は……」

「どけ、コウジ！」

工藤の言葉が終わらないうちに、金髪男がコウジの服をつかみ、工藤の脇から引き離した。

「殺されてえんだろ。だったら、殺ってやるよ。てめえの脳みそ、ぶちまけてやる」

金髪男は、工藤を睨み下ろし、右足を持ち上げた。その様子が、うっすら工藤の視界に映る。が、もう、避ける気力は残っていなかった。

母さん……ごめん……。

「カッチャン！」

コウジの叫びを耳にした工藤は、金髪男の靴底に踏みつぶされる前に、意識を失った

――。

第一章　望まざる決断

1

ここは、どこだ……？

工藤雅彦《まさひこ》は、肉体が雲上に漂《ただよ》っているような浮遊感に包まれていた。

死んだのか……きっと、そうだ。

工藤は、漠然とそう感じていた。重い瞼《まぶた》を開いてみる。ぼんやりとした光に照らされて、暖かくまばゆい空間が広がっていた。心地よい風も感じる。かすかな草木の匂いも。

逆光の中に、人影が浮かび上がった。

大きな人影。どこか懐かしく、安らぎをくれる存在感がある。それはまるで、父親のようで――。

「父さん……」

工藤は、かすかに微笑《ほほえ》み、つぶやいた。

「やっと、気がついたね。もう大丈夫だ」

野太い声がして、人影の口元に白い歯が覗いた。

視力が、徐々に戻ってきた。人影に父の面影をダブらせていた工藤だったが、その顔から笑みが消えていく。

工藤の顔を覗き込んでいるのは、スキンヘッドの男だった。鼻下にヒゲを蓄えている。見たことのない男だった。

「誰……?」

「小暮俊助《こぐれしゅんすけ》だ」

男は、そう答えた。

工藤は、モヤついた脳裏の奥に小暮の名を探す。が、今までの知り合いに、小暮という人物はいない。

どこなんだ、ここは——。

工藤は、起きあがろうとした。とたん、節々が軋み、悲鳴を上げた。

「うっ!」

工藤は、激痛に顔を歪めた。

「まだ、動いちゃいかん！」

小暮は工藤の両肩をつかんで、ゆっくり仰むけに倒していった。

胸元まで布団をかけ、サイドテーブルに置いてあったタオルを取り、工藤の額ににじんだ脂汗を押し拭う。

痛みが、工藤の意識を完全に覚醒させた。

工藤は、改めて小暮を見た。死んだ父とは似ても似つかない武骨な顔をしていた。微笑んではいるが、鋭い光を放つ大きな両眼と太い眉毛は、どこか見る者を威圧する。

上半身は鍛え上げられていた。盛り上がった肩の筋肉と胸板が、Tシャツを押し上げている。半袖から伸びる腕は、太腿かと思うほど太い。

目尻のシワを見る限り、若いとは言えない年齢だが、肌の色つやもよく、肉体は見事にシェイプアップされていた。

「無理をしてはいけない。幸い、骨は折れていなかったが、全身に打撲傷を負っている。背中の傷があと五ミリずれていれば、下半身が麻痺《まひ》するところだったんだからな」

小暮は言いながら、汗を拭ったタオルを、サイドテーブルに戻した。

工藤は、首を傾けて、部屋の様子を見た。

壁とフローリングに薄い木目調の素材を使ったシンプルなワンルームだった。中央には、楕円形のテーブルが置かれ、モニターがオブジェのように転がっている。

工藤は、首を反対側に傾けた。ベッドの横の壁の上には、出窓がついていて、観葉植物が明るい光を浴びていた。目が覚めたときに感じた緑の匂いは、この鉢植えのものだったようだ。

小ぎれいな部屋だった。病院の個室なのだろうか……と思う。が、病院特有の薬品臭はない。

「あの……ここは？」

「私の部下の部屋だ」

「部下……？」

小暮が何を言っているのか、さっぱりわからない。

「何も覚えてないのかね？　三日前、君が新宿の路上で倒れていたところを通りかかり、私がここまで運んできて、治療をしたんだよ」

「三日前……」

工藤は、記憶を絞り出していた。

会社でトラブルを起こし、飛び出したその足で街金融を巡って、借りられるだけ金を借り歩き、その途中で、若い二人組に路上で襲われて――。

「三日だって！」

工藤は、飛び起きようとした。が、上半身に強烈な痛みが走り、ベッドの上で仰け反った。背中にまで、冷や汗が噴き出す。

「無理しちゃいかんと言っただろ！」

小暮は、サイドテーブルにあった注射器と茶色い小瓶を取った。

小瓶のガラス口を折り、針を差し込んで、中の溶液を吸い上げる。針先から、二、三滴、溶液を垂らした。工藤の二の腕をつかんで絞り、肘裏の血管を浮き立たせると、手際よく血管に針を刺し、薬品を注入していった。

「鎮痛剤だ。少し眠くなるが、痛みはやわらぐ」

小暮は、針を抜いて、アルコールに浸したガーゼで傷口を消毒した。

「あなたは、医者ですか？」

「違うが、仕事柄、こういうことには慣れている。心配無用だ」

注射器を扱う仕事柄というのは、どういうことなのか……。

気になるが、そんな小さな疑問を口にする余裕は、今の工藤にはなかった。それより、気がかりなことがある。

「金は——金はありませんでしたか?」

「三百万のことかね?」

「そうです!」

「君は、何も心配することはない」

「必要なんです! あれは——」

「母親の治療費だろ? 私が、聖林医大付属病院へ行って、払っておいたよ」

「……どうして、そのことを」

「悪いとは思ったが、君のことを調べさせてもらったんだよ。もしも……という可能性もあったからね」

「僕のことを? どうやって」

「財布の中を見せてもらった。事務用品メーカー〈イチマツ〉の社員証が出てきた。そこから、いろいろと調べたんだよ、営業二課の工藤雅彦君」

小暮は、確信にみちた口振りで言った。

「会社で何かあったようだが、そこまでは私も調べていない。ただ、身内の方には連絡しておかなければと思って、探していただけだ。そして、君の母・君枝さんが入院している病院に行き着いたというわけだ」

「でも……やっぱり、見ず知らずの人に、お金まで用立ててもらうのは」

「君に何ができるんだね？」

小暮は、微笑みながらも、ストレートに訊いてきた。

「今の君に何ができる。体は言うことをきかない。会社で何があったのかはわからんが、戻れる状態でもないのではないかね？」

「………」

「今、君が一番に考えなければならないのは、体を治すことだ。体が動かなければ、何もできない」

「じゃあ、僕を病院に移してください。母の治療費を世話になっていながら、僕までここで世話になるというのは、心苦しくて」

「それはできない」

小暮は、きっぱり言い切った。

「どうしてです？　救急車を呼んでくれれば、すむことです」

「いや、今は動かないほうがいい。君は、何も心配せずに、ゆっくり休むことだ」

「ですが──」

しつこく工藤が言い返そうとしたとき、不意に部屋のドアが開いた。

工藤は、ドア口を見た。タイトな黒いレザーワンピースを着た、髪の長い女性が立っていた。

「会長。会議の時間ですよ」

「もう、そんな時間か」

小暮は、壁掛け時計を見ながら立ち上がった。

「彼女は安西朱里《あんざいじゅり》。私の部下で、この部屋の持ち主だ。何かあれば、彼女に言えばいい。とにかく、今は余計なことを考えず体を治すこと。いいね」

「待ってください。やっぱり、病院に――」

工藤が声をかける。が、小暮はくるりと背を向けて、ドア口へ歩いていった。

工藤は、体を起こそうとした。しかし、鎮痛剤が効いてきたせいか、痛みがやわらぐと同時に、体から力が抜けていき、思うように動けなかった。

小暮は、朱里に何やら話しかけ、部屋から出ていった。入れ替わりに、朱里がくびれた腰を振りながら、ゆっくりとベッドに近づいてくる。

ベッドサイドで立ち止まった朱里は、腰を突き出し、大きな胸の下で腕を組んで、工藤を見下ろした。

「よく目が覚めたもんね」

朱里の口調は冷たい。工藤を見つめる切れ長の瞳も、どこか冷ややかな感じがする。

「安西さん……でしたよね」

「朱里でいいわ」

「……朱里さん。僕を病院へ連れていってください」

「それはできないの。今は、動かない方がいいって、会長も言ってたでしょ」

「会長って……あの人、何の会長なんですか？」

「〈小暮スポーツ〉。名前ぐらい、知ってるでしょ」

「小暮スポーツって、あのフィジカル産業大手の？」

「そうよ。そこの会長。お金も持ってるし、人の肉体を見る目は確かなの。だから、あなたは心配しないで、体を治してればいいのよ」

突き放すような口調だが、見た目の冷ややかさからすれば、温かい言葉に感じた。

「とりあえず、話してるより寝るのが先。体が資本よ」

朱里は言うと、クローゼットから着替えを出し、部屋から出ていった。

先に、体を治せ……か。

工藤は、手を握ってみせた。今一つ、指に力が入らない。

「こんな状態じゃ、動くなと言われるのも、無理ないかもしれないな」

工藤は、フッと笑みを浮かべた。気が抜けたとたん、強烈な眠気が襲ってきた。

まどろみの中で、この二カ月半のことを、ぼんやりと振り返り始めた。

2

「工藤君。本日付けで君は、能力開発室へ異動となった」

「僕が、ですか？」

「ここに、辞令もある」

営業二課長の岡部《おかべ》年男《としお》は、デスクに薄っぺらい紙切れを置いた。工藤は、ひったくるようにその紙を取った。

《工藤雅彦殿。本日付けをもって、人事部能力開発室への転属を命ずる。　イチマツ本社人事部》

紙には、日付と共にそう書かれていた。

なんで、僕が能力開発室に――。

工藤は、辞令を見つめながら、奥歯を噛んでいた。

この辞令書を受け取ったときから、すべては狂い始めた。

工藤の勤めていた事務用品総合メーカーの大手〈イチマツ〉は、ほぼ一年前から、大規模なリストラを行なっていた。

工場の閉鎖、早期退職者希望の募集、管理職の解雇。業績悪化に伴い、イチマツのリストラも他企業同様、過酷さを増してきた。

その魔の手が、三十代の社員にまで伸びてきたのは、半年ぐらい前からだった。

経営陣は、なりふりかまわない策を講じて人減らしを図ったが、クビを切られるほうも、生活がかかっていて必死である。

ある程度社員が減ったところで、膠着状態《こうちゃくじょうたい》が続いていた。

そこで登場したのが、能力開発室だった。

自分を見つめ直し、適性や能力を熟知し、新たな認識をもって活力のある人材として生まれ変わるための再教育プログラム――。

と、人事部では言っているが、実態は軟禁拷問だった。

部屋には何もなく、仕事も与えられず、話すことさえ許されず、勤務時間を過ごさなければいけない。

会社に来て、朝から晩まで、座禅を組まされているようなものだった。

会社へ働きに来ているはずのサラリーマンが、そんな生活に堪えられるはずもなく、能力開発室へ送られた社員たちは、もれなく辞めていっている。

まさに、人事部が用意したリストラ部屋だった。

しかし……なぜ、自分がリストラ部屋に送られるのか。工藤には、その理由がわからなかった。

三十二歳で、営業主任を務めている。取引先との付き合いも悪くないし、業績も上がっている。部下や上司とトラブルを起こしたこともない。

「課長。これ、何かの間違いじゃないですか？」

工藤は、疑問を素直に口にした。

「君は、人事部の決定に逆らう気か」

「逆らうも何も、理由が見あたりません。どういうことなのか、聞かせてください」

「そんなことは、知らん！　人事部が決めたことだ」

岡部は、真っ赤な顔をして、怒鳴った。

この人の方が、リストラ対象になるべきだと思うんだけどな……。

工藤は、岡部を見て思った。正直な気持ちだった。営業部の他の社員も、ほとんどが同じことを思っているだろう。

岡部の無能ぶりは、ひどいものだった。

部下の失敗は、部下の責任。成功は自分で独り占めにする。気に入らない社員には、嫌がらせをする。そのくせ上司には弱く、奴隷のように言いなりになる。

どこにでもいそうなタイプの人間だが、今、真っ先に解雇されるべきは、そういう管理職なのではないか……と、工藤は思う。

けれど、そのお鉢は、工藤に回ってきた。

工藤は、小さく息をついて、岡部を見やった。

「わかりました。課長のほうから、ご説明いただけないなら、人事部へ行って直接聞いてきます」

「ま、待て！」

「納得いかない辞令を、受け取るわけにはいきませんから」

「そんなことされては、困るんだよ！」

「僕だって、困ります。急に営業から外れろと言われても」

「上の命令だ！　従え！」

岡部は、怒鳴った。薄くなった髪の隙間から覗く頭皮まで、赤くなっている。

自分の保身しか考えていないのは、一目瞭然だった。

「ちゃんとした説明をもらえるまで、従いません。課長が異動するわけじゃない。僕の問題ですから」

「君は……」

岡部は、奥歯をギリギリと嚙みしめている。けれど、工藤の言い分の方が筋は通ってい る。岡部も言い返せなかった。

「課長、どうします？　課長から、異動の件についてご説明いただけるか、それとも僕が、人事部に直接聞きにいくか」

「……わかった。私から聞いておく」

「ありがとうございます。では、この辞令はいったんお返ししておきます」

工藤は、異動辞令の紙を岡部のデスクに置くと、背を向けて、自分の席に戻った。

周りの社員は気の毒そうに工藤を見たが、話しかけてくる者はいなかった。下手な動きをして岡部に睨まれるのが嫌《いや》だったのだろう。

気持ちはわかる。工藤は、何事もなかったような顔をしてデスクに戻り、引き出しから取引先のリストを出し、受話器を取り上げて、自分の仕事を始めた。


「どうして、雅彦さんが、能力開発室行きなわけ？」

川瀬亜香里《かわせあかり》は怒りながら、グラスに入った赤ワインを飲み干した。

「まあまあ、そう尖《とが》るなって」

「尖るわよ！　だって、営業二課でリストラされるなら岡部課長のほうでしょ！」

「仕方ないよ。課長は、佐久本《さくもと》常務の腰巾着だからね。学閥も社内派閥も一緒だし。きっと、課長が自分の保身のために、二課からは僕を差し出したんだろうと思うけど」

　工藤は言った。

　イチマツは、老舗の事務用品メーカー。歴史が長い分、体制も古く、学閥や派閥の力関係は他の企業よりも物を言う。特に、次期社長の座を創業者の直系・市松芳雄《いちまつよしお》と争っている佐久本は、少しでも自分の都合のいい人間は残しておきたいのだろう。

　くだらないことだと思うが、これも会社という組織の実態だとわかっていた。

「私が明日、佐久本部長に掛け合ってこようか？」

「いいよ。一社員がどうにかできる問題じゃない。自分でなんとかするから。それより、もし可能だったら、僕の査定表をコピーしてきてほしいんだ。無理だったらいいけど」

「わかった。明日の昼休みに、渡せるようにしておくね」

　亜香里は言って、パスタを皿に取り始めた。

　工藤は、同じ会社の人事部に勤務する川瀬亜香里と、会社から少し離れたところにあるイタリアンレストランに来ていた。

亜香里は、工藤の恋人だった。

人事部へ異動になるまで、受付を担当していた。小柄で愛くるしい瞳をクルッとさせて微笑む彼女は、社内外の人気も高かった。

そんな亜香里のほうから告白されたのが、二年前。工藤の忙しそうに玄関を出入りする姿や、ロビーで取引先の担当者と交渉する様子を見ていて、気に入ってくれたらしい。

工藤も、イチマツのアイドルと付き合えるのはうれしかった。

しかし、すぐに返事できなかった。

工藤には、心臓を患って入退院を繰り返している母がいた。

給与のほとんどは、生活費と母の治療費で飛んでいく。遊ぶヒマもない。けれど、女手一つで、工藤を育ててくれた母を見捨てることはできない。

付き合うなら、結婚を前提とした付き合いをしたかった。けれど、とてもじゃないが、工藤にそんな余裕はない。

工藤は一晩考えて、翌日、今の生活を正直に話した。

しかし、亜香里は笑顔で、そんなことは気にしないと言ってくれた。

付き合い始めると、亜香里は言葉通り、母親のことを優先してくれた。工藤が忙しいときには、代わりに見舞いにも行ってくれた。

幸せというものに慣れていなかった工藤は戸惑ったが、亜香里を見ているうちに、素直にこの幸せに浸ってみよう——と思うようになった。

亜香里の家は、絵に描いたようなアットホームな一般家庭だった。公務員の父に、専業主婦の母。共に短大を卒業して、ＯＬをしている妹の沙織《さおり》と亜香里。

家に招かれたとき、工藤は、ほのぼのとした家庭の雰囲気に、身の置き場がなかった。けれど、亜香里の家族は、そんな工藤を優しく迎えてくれた。

うれしかった。この幸せが、ずっと続いてほしいとも思った。

だからこそ、会社を辞めるわけにはいかない。母の治療費、亜香里との将来、幸せをつかむためにも、今、職を失うわけにはいかなかった。

「雅彦さん。お母さんの具合はどう？」

亜香里が、話題を変えた。

「正直、ここのところ、よくないね」

「なんとかならないのかなあ」

「こないだ、担当の先生と話をしたんだけど、完治させるには心臓移植しかないらしい。でも、莫大な費用がかかるし、母さんも移植はしたくないみたいだし」

「私が、説得してみようか。お金も、うちのお父さんに頼んで——」

「そこまで迷惑はかけられない。それに、母さんが、手術を受けたくないって言うなら、そうしてあげたいんだ」

「治らなくてもいいっていうの？」

亜香里が少しキツい目で、工藤を睨んでくる。

工藤は、ワインを含んで喉に流し、小さな笑みを浮かべた。

「母さんには、治ってほしいと思う。けど、苦しい思いもしてほしくないんだ。今までずっと苦労してきて、さらにこれ以上、病気と闘うことで苦しい思いをするぐらいなら、残りの人生を好きなように生きてもらって、楽になった方がいいと思ってる」

「雅彦さんって、冷たいのね！」

亜香里はさらに怒った顔で、グラスに残っていたワインを一気に飲み干した。

工藤は、少し視線をうつむけた。亜香里の怒りもわかる。冷たいと思うのも当然だろう。けれど、自分の気持ちは、どう説明しても自分にしかわからない。

疲れ切って、涙も出ないほど体を酷使してきた母の背中を見てきた自分以外には――。

「ありがとうな、亜香里。本当に心配してくれてる人がいて、母さんも幸せだと思うよ」

「他人行儀な言い方はやめてよ。雅彦さんのお母さんは、私にとっても大事な人なんだから」

亜香里の言葉は、たまらなくうれしかった。

そして、そんな亜香里を手放さないためにも、会社を辞めるわけにはいかない――と、工藤は改めて思った。

3

翌日、工藤は朝から、営業フロアの応接室へ呼ばれていた。

工藤の前には岡部と佐久本がいた。自分一人ではどうしようもなくなって、わざわざ佐久本に頼んだのだろう。

大将のお出ましか――。

そう思いながら、工藤は二人の上司と向き合っていた。

「工藤君。人事部の決定に、不服があったようだが」

佐久本がゆったりとした口調で訊き、上側だけ黒い縁のメガネを指先で軽く押し上げた。

さすが、次期社長候補との呼び声が高いだけはある。恰幅《かっぷく》がよく、落ち着いており威厳をにじませていた。

「昨日、課長にもお話ししたんですが、僕の勤務態度や業績から考えて、今、営業部から外されるというのは、どうにも納得できなかったものですから」

「君の勤務査定表だ」

佐久本は、自分の右脇に置いていた茶封筒を差し出した。

人事部長が査定表を社員に見せることに、工藤は驚いた。けれど、もっと驚いていたのは、岡部だった。

どうせ、ろくな査定をしていないからだろう。あからさまに蒼くなっている。

「失礼します」

工藤は、茶封筒から、数枚のコピーの束を取り出した。

査定表には項目が並び、AからEの五段階評価を書き込む様式になっている。

思った通り、査定欄には、DとEがズラリと並んでいた。

やはり、岡部が自分を蹴落とすために、実際とは違う評価をしたんだ……。

工藤は、コピーを見ながら、チラッと岡部の方を見た。岡部は、背を丸め、小さくなって視線を泳がせていた。

「それが、人事部に上がってきた君の評価だ。それを基に、私たちは異動を決めた。それについて、反論は？」

「正当な評価とは思えません。取引先の相手や同僚に聞いてもらえれば、D、Eランクばかりというのはおかしいということぐらい、わかると思いますが」

言って、もう一度岡部にチラリと目をやる。

岡部は、ますます小さくなり、うつむいていた。佐久本も、チラッと岡部を見たが、すぐ工藤に視線を戻してきた。

「わかった。もう一度、査定をやり直そう」

佐久本の言葉に、岡部が顔を上げた。しかし、佐久本は岡部の視線を無視して、話を続けた。

「ただし、その結果、能力開発室への異動を決定したときは、すみやかに移ってもらう。いいね」

「はい」

工藤は、うなずいた。正当な評価を受ければ、能力開発室へ飛ばされることはない。

「では、三日後に結果を通達する。異動もあり得ることだから、今抱えている仕事の引継ぎの段取りだけは、つけておくように」

佐久本は言うと、立ち上がった。

そんな必要はないと思うが、一応、査定をし直してくれる佐久本に対する礼儀として、引継ぎの準備もしておこう、と工藤は思った。

佐久本が立ち上がると、岡部も立ち上がった。そして、工藤から逃げるように、佐久本に付いて出ていった。

工藤は、滑稽な岡部の姿にフッと苦笑いを浮かべ、仕事に戻った。

昼休み。会社近くの喫茶店で待っていた工藤のもとに、亜香里がやってきた。

「雅彦さん。これ、査定表——」

亜香里が、会社の封筒を差し出す。

「ありがとう。でも、もう見せてもらったよ」

「誰から?」

「佐久本部長から」

「部長が!」

「ああ。査定もやり直してくれることになった。話のわかる人だね、佐久本部長は。とりあえず、これはもらっておくよ」

工藤は言って、封筒を受け取り、イスの傍らに置いた。

「心配かけて、悪かったな」

「ううん、いいの。でも、よかった。これで、営業部に残れるわね」

「まず、間違いないよ。ちゃんと話をすれば、わかってくれる人もいるってことだな。正直、佐久本部長がこんなに物わかりのいい人だとは思わなかったけど」

「ホント。私も、びっくり。もっとワンマンな人だと思ってた。直属の上司のことを知らないなんて、ダメね、私も」

「仕方ないよ。部長は、そういうキャラで通ってたから。何事も強引に推し進めちゃう人だから、そういうイメージができあがったのかもな。まあでも、これで一安心ってところだ。乾杯するか」

「そうね。お水じゃ味気がないけど」

亜香里は言いながら、水の入ったグラスを取り上げた。工藤も水のグラスを持ち上げ、重ねた。

見つめ合うと、自然に笑みがこぼれる。

「あーあ。ホッとしたら、お腹空いちゃった。パスタでも食べようかな」

「太るぞ」

「ガマンしてる方が、体に毒。それに、太っても、雅彦さんからは離れないから。覚悟しておいてね」

「怖いな――」

工藤は、亜香里を見て微笑んだ。

亜香里が、安心した顔を見せてくれたこと。工藤には、それがうれしかった。

が……。

三日後、工藤に正式に、能力開発室への異動辞令が下りた。

4

工藤は、辞令を持って、人事部のフロアに乗り込んでいた。血相を変えた工藤を見て、亜香里が小走りで駆け寄ってきた。

「雅彦さん、どうしたの？」

「佐久本常務は」

「執務室にいると思うけど」

亜香里の言葉が終わるのを待たず、工藤はフロア奥にある部長室へと突き進んでいった。

途中まで追ってきた亜香里が、心配そうに工藤を見つめる。周りの社員たちも、工藤の様子を驚き混じりの目で見やっていた。

工藤は、ノックもせず、部長室のドアを開けた。

「佐久本部長！」

工藤は、入るなり大声で叫んだ。

「ノックもしないで入ってくるとは、礼儀知らずも甚だしいね」

佐久本は、中央壁際に置かれた執務机にいた。背もたれの高い椅子に仰け反るようにして座り、冷ややかな目で、工藤を見据える。

工藤は、ズカズカと奥へ進み、デスクの前で立ち止まった。辞令を、机に叩きつける。

しかし、佐久本は眉一つ、動かさなかった。

「どういうことですか、この辞令は！」

「再査定の結果には従う。そう約束したのではなかったかね？」

「言いました。ですが、理由がわからない」

「人事部として、その理由を、一般社員に話す必要はない」

「じゃあ、僕が答えましょう。あなたは、岡部課長から、仕事で着々と実績を上げている僕を切るように頼まれた。僕が、課長のポストを脅《おびや》かす存在だからだ。そして、あなたは、次期社長戦のことを考え、同じ学閥であり派閥である岡部課長を失いたくなかった。それで、僕をリストラ部屋へ送り込むことにした。査定なんて関係なくね」

工藤は、佐久本を見据えて言った。

「うぬぼれるのも、いいかげんにしたまえ!」

「うぬぼれじゃありません。本当のことです。そうでしょう、佐久本常務」

「君の再評価は、きちんと行なった。確かに、岡部君の査定はひどすぎる。しかし、業績は君が思っているほどではない。取引先の担当者の中には、君の強引なやり方に戸惑っている者もいた」

「僕は、自社のモノがいいと思っているから、強く勧めただけです」

「それを、大手メーカーの脅しと取る者もいる。君は確かに敏腕だが、もう少し、余裕と柔軟性を持った営業姿勢が必要だ。そのための能力開発室行きだ」

「何を開発しろと言うんですか、リストラ部屋で」

「リストラ部屋ではない。自分を見つめ直し、新たな活力を取り戻す場所だ」

「それは詭弁《きべん》です!」

「能力開発室に行くのが、怖いのかね?」

「なんですって――」

工藤は、気色ばんだ。が、佐久本は涼しい顔をして、言葉を続けた。

「能力開発室の定義は、詭弁ではない。我々は、辞めろとは言ってないだろ。君が、自分が正しいと思い、自分をより向上させたいなら、辞めずにがんばってみたまえ。今までの人間は、それができずに去っていった者ばかりだ。君は、踏み込むことなく、拒否し続けるつもりかね。それこそ、そんな弱い人間を、当社は必要としない」

佐久本が煽っているのは、わかっていた。しかし、あまりの言われ方に、工藤の腹の虫は治まらなかった。

「では、自分をより向上させることができれば、一線に復帰できるということですね」

「初めから、そういう主旨で作られた部署だ」

「わかりました。必ず、復帰させてもらいます」

工藤は、佐久本を睨みつけ、辞令をひったくるように握ると、執務室を出た。

人事部のフロアから出ていく工藤を、亜香里が追いかけてきた。

「雅彦さん、雅彦さん！」

亜香里が、工藤の袖をつかんで、引き留める。工藤は、立ち止まって、亜香里から目線をそらした。

「どうしたの、いったい？」

「能力開発室行きだ」

辞令を亜香里の前に差し出す。亜香里は、辞令を見て、目を見開いた。

「……どうして！」

「理由なんてどうでもいい。しかし、常務はリストラ部屋じゃないと言った。ガマンしていれば、一線に戻れるとも言った。だから、ここは命令通り、能力開発室へ行ってやるよ」

「そんなのおかしいわ！　私、常務に掛け合って――」

「いいんだ！」

工藤は、部屋へ戻ろうとした亜香里の手首を握った。

じっと、亜香里の顔を覗き込んで、微笑みを向ける。

「心配するな。こんなことで負けはしない。絶対に一線へ戻ってやる。これは、僕と部長や課長との闘いだから」

「雅彦さん……。私に、できることはないの？」

「母さんがまた、入院したんだ。見舞いに行ってやってくれ」

工藤はそう言って、亜香里の頭を撫でた。

営業二課の部屋に戻ると、社員たちが一瞬、押し黙った。哀れんでいるような視線を工藤に向けてくる。

工藤は、彼らの目線を無視して、岡部のデスクの前に進んだ。

岡部は、工藤の姿を見て、落ち着かない様子で黒目を動かしていた。

「ざ……残念だったね、工藤くん。再評価の結果、営業部を離れることになって」

神妙な顔を作ろうとするが、うれしいのか、それとも、怒っている工藤が怖いのか、右の頰がヒクついていた。

今日は、いつも以上に、岡部が情けなく見える。

こんなヤツには、負けない――。

工藤はニヤリとした。

「しばらくの間、能力開発室へ行きますが、必ず戻ってきます。その時まで営業部にいてくださいよ、課長」

「あ、ああ……楽しみにしてるよ」

岡部は、ますます顔を引きつらせていた。

工藤は、自分のデスクの私物を片づけると、営業部を出た。

能力開発室は、総務部フロアの一番奥にあった。元は備品倉庫だった部屋を改装したらしい。

ノックして、ドアを開けた。先客が二人いる。

一人は、痩せた中年男。もう一人は、肌の白い太った若い男だった。

クリーム色の壁に囲まれた部屋には、窓もない。広いスペースに、長テーブルとパイプ椅子が置かれているだけだ。書類はもちろん、電話もなかった。

「本日付けで、能力開発室に配属された工藤です」

工藤は、重い空気を少しでも払おうと、大きな声で挨拶をした。

しかし、中年男も太った男も、チラリと工藤を見たきりで、目線を伏せた。会釈もない。

「あの……どこに座れば」

「適当でいいよ」

中年男が、かすれた声で言った。

工藤は、中年男の差し向かい、太った若い男の隣に腰を下ろした。

壁には、注意書きが貼られていた。

《むやみに席を立たない。私語はしない。昼休み、退社後等も、同室の者と会話をしない》

精神の兵糧《ひょうろう》責《ぜ》めだな……。

工藤は思いながら、中年男に話しかけた。

「僕もこれから、同じ部署の仲間です。名前だけでも教えてもらえませんか」

言うと、中年男は面倒くさそうに顔を上げ、ボソッと言った。

「私は富井《とみい》。彼は宇野《うの》だ」

「宇野さんに富井さんですか。お互いここを出て一線に戻れるよう、がんばりましょう」

「ここを出るだって？」

宇野が、口を開いた。大きな顔だが、目の周りは黒ずみ、頬だけがこけている。目の色が尋常ではなかった。

「どうやって、出るって言うんだ。辞めるしかないんだよ、オレたちは！　辞めるのを待ってんだよ、やつらは！」

「辞めたら、向こうの思うつぼですよ」

「そうだよ！　思うつぼなんだよ！　でも、こんな生活よりはマシだ！　オレが何をしたってんだ。オレがなんで、こんな仕打ち受けなきゃならないんだ！」

宇野は立ち上がって、テーブルをバンバン叩き始めた。

「宇野さん！」

工藤が、あわてて止めようとする。が、宇野は、工藤の腕を振り払って、暴れる。

「もう嫌だ！　こんなところに監禁されるなんて、もう嫌だあ！」

宇野はそう叫んで、パイプ椅子を蹴り倒すと、部屋を飛び出していった。

「宇野さん！」

「放っておきなさい」

追いかけようとした工藤を、富井が制止した。

「どうしてです。仲間じゃないですか？」

「私が知っているだけで、もう七人もの人間が、あんなふうに飛び出していった。彼はもう、戻ってこないよ」

「それでいいんですか？」

「いいも何も、ここでは自分のことだけで精いっぱいなんだよ。出ていったヤツのことをかまってる余裕などない。あんたにもすぐわかるよ、ここの苦しさが。椅子を片づけておいてくれ」

富井はそう言うと、何事もなかったように顔を伏せ、押し黙った。

工藤は、倒れたパイプ椅子を拾い、たたみながら、富井の姿を見やった。曲がった背中に、富井の疲れが見える。その姿は、生気を吸い取られたミイラのようにも見える。

椅子を片づけた工藤は富井の向かいの席に座り、背筋を伸ばして、目を閉じた。

「工藤くん。目は閉じない方がいい」

「どうしてです？ 自分を見つめ直すのに、目をつぶるのは悪いことじゃないと思いますが」

「ここでは、寝てると見なされる。それも、マイナス評価の対象になるからね」

富井は言うと、再び視線を伏せた。

思ったより、きついかもな……。

工藤は思いながら、再び深く椅子に座り直し、背筋を張った。

5

三日もすると、飛び出していった宇野の気持ちがわかるようになってきた。

沈黙が息苦しい。いつ終わるともない軟禁状態に、不安や焦りを覚える。社員が活動している物音すら聞こえない。

時が経つのが、恐ろしく遅く感じる――。

何もせず、ただ座っているだけの時間。いつも、自分の置かれている状況に向き合わなければいけない。

それも、苦痛だった。

過去を振り返っても、悪いことしか思い浮かばない。頭の中に、後悔ばかりが巡り始める。

すると、自分がつまらなくて、底の浅い人間に思えてくる。

そんなはずはない……。

何度そう言い聞かせても、思考は悪いほうへ悪いほうへと転がり始め、軟禁されてまで会社にしがみつく意味すら見失ってくる。

この部屋へ入ってきたときは胸を張っていた工藤も、わずか三日目にして、背中を丸めていた。

その姿を見た富井が、うつむいたまま、ボソリとつぶやいた。

「心を無にすることだよ。考え出すと、どこまでも悪い方向へ考えがいってしまう。何も考えず、ただ静かな時を過ごす。それが、この部屋での生き残り方だ」

富井はそう言って、口を閉じた。

心を無に——。

短いアドバイスだったが、工藤は、少し救われた気分になった。

「ありがとうございます」

工藤は小声で礼を言い、もう一度、胸を張った。

一週間が過ぎた頃。工藤の疲労はピークに達していた。

ただ座っているだけというのも、疲れる。それ以上に、精神も疲弊し切っていた。

マンションに帰っても、食事する気分すらなく、ベッドに倒れ込む日々が続く。母の見舞いにも行きたいが、疲れ切った顔を見せて心配をかけたくない。

亜香里が行ってくれているようだから、そっちのほうは、安心しているが……。

その亜香里からは、夜に電話がかかってくるだけだった。

一般社員が、能力開発室の人間と接することは、禁じられている。

亜香里は、会いたいと言っていたが、もし、会っていることがバレれば、亜香里にまで迷惑がかかる。

互いに精神的負担が増すのを恐れて、工藤は亜香里と会うのを控えていた。

その日も、帰ってくるなりベッドに倒れ、まどろんでいた。

すると、少しして、どこからともなく料理する音が聞こえ、いい匂いが漂ってきた。

工藤は、重い瞼を開き、上半身を起こした。台所に、女性の影が見える。

「……母さん？」

「まだ、寝てていいよ。できたら、起こしてあげるから」

「亜香里か？」

工藤は、頭を振ってベッドから起きあがった。重い足を引きずって、台所に近づく。

「亜香里。なぜ、来たんだ？」

「お母さんの着替えを取りに来たのよ。そうしたら、雅彦さん、ベッドで倒れてるし。何も食べてなさそうだったから、料理を作ってるだけ。いけない？」

「いや。うれしいけど、ここに出入りしているのを会社の誰かに見られたら……」

「マンション前で見張ってる人なんて、いないわよ。雅彦さんは、座ってて。すぐできるから」

亜香里は、野菜とパスタを炒《いた》め始めた。

工藤は、ベッドを背にし、フローリングの床にストンと腰を下ろした。体がだるくて、つい背中が丸まってしまう。

「私も食べていっていいでしょ？」

亜香里が訊いてくる。すでに皿は二つ用意されていた。

「いいよ」

工藤は言って、あくびをした。

手際よく、パスタを取り分けた亜香里は、トレーにパスタの皿とサラダボウルを乗せ、部屋へ戻ってきた。

「ビールでも飲む？」

「いや、水でいいよ」

亜香里は、コップと買い置いていたミネラルウォーターを持ってきて、工藤の向かいに座った。

「じゃあ、食べよっか。お母さんの着替えは、隣の和室よね」

「うん」

工藤は、右隣の部屋を見やった。

2DKのマンションである。和室は母の部屋で、フローリングの部屋を工藤が使っていた。しかし、ここ二年、母は隣の和室より、病院のベッドで寝ている時間の方が長かった。

「あとで、適当に私が選んで持っていっていいかしら」

「ああ。すまないな。母さんの着替えまで用意させて」

「だから、そういうこと言わないの。私が好きでやってるんだから。さあ、食べましょ」

亜香里が先に、食べ始めた。

工藤は、フォークにパスタを巻きつけ、口に運んだ。ピリッとする鷹の爪の風味が、食欲を刺激した。

「雅彦さん。ずいぶん、疲れてるようだけど、大丈夫？」

「心配いらないよ。部屋の雰囲気にも、だいぶ慣れてきたし」

「そうだといいけど……。お母さんには、忙しくて来られないって言っておいたから」

「ありがとう。しばらくは、そう言っておいてくれ」

工藤は、力ない声で言い、食事を続けた。

静かな食事だった。

亜香里と会うのは久しぶりだ。いろいろ話したいこともあったはずなのに、言葉が出てこない。言葉を忘れてしまったように、頭の中が真っ白になっていた。

亜香里は食べながら、時折、そんな工藤に心配そうな瞳を向けてきた。工藤は、微笑を返すだけで、精いっぱいだった。

腹が満たされると、また、強烈な眠気が襲ってきた。

せっかく、亜香里が来ているのに……という思いとは裏腹に、瞼が重くなっていく。

「亜香里。悪いけど、横になっていいかな」

「遠慮しないで」

亜香里が言う。

工藤はベッドに這い上がると、壁に向かって横臥《おうが》して、目を閉じた。

亜香里が食器を片づけ始めた。カチャカチャという皿の響きも、子守歌のように眠気を誘った。

うとうとしているうちに、片づけも終わった。隣の部屋へ入った亜香里が、母の着替えを出している音も聞こえる。

気がつくと、亜香里がベッドの脇に立っていた。

「雅彦さん。私、帰るね……」

「ああ。ありがとな」

背中を向けたまま、言った。首を傾けるのもだるい。

「雅彦さん。もし、きついようなら、ホントに辞めてもいいのよ。私は気にしないし、お母さんのことだって、二人でやっていれば、なんとかなることなんだから」

「辞めないよ……」

「無理しないで。じゃあ」

亜香里の声は、重かった。玄関のドアの閉まる音が、淋しく響く。

想像していた以上に疲れ切っている工藤を見て、ショックだったのだろう。

亜香里にも心配はかけたくなかったが、元気を装う余裕もなくなっていた。

富井さんの言う通りだな……。

自分のことで精いっぱい——と言っていた富井の言葉を思い出しながら、工藤は眠りに落ちていった。

6

一カ月も経つと、工藤の体も気持ちも、ずいぶん楽になってきた。

心を無にすること……。

富井の言っていた通りだった。何も考えず、ただ時を過ごすことが、能力開発部屋で生き残る、唯一の方法だった。

この一カ月の間、二人の三十代の社員が、部屋へ送り込まれてきた。しかし、一週間もしないうちに、宇野と同じように自分を見失い、部屋を飛び出していった。

その中でまだ、富井が残っている。工藤は、飛び出していく人間より富井に興味を覚えた。

中年……というよりは、初老の男性。再就職といってもままならないだろう。だから、会社にしがみついているのかと思っていた。

しかし、そんな単純な思いだけで堪えられるほど、甘い環境ではない。

何が、富井を思い留まらせているのか。気になるが、訊くこともできない。

ところが、残暑厳しい八月末の月曜日。富井のほうから、話しかけてきた。

「工藤くん。返事はなくていいから、聞いておいてくれ」

富井は、いつものように顔をうつむけたまま話し始めた。

「私は、今日で会社を辞める」

「えっ?」

工藤は、思わず顔を上げて、富井を見た。

「一人娘がいてね。昨日、嫁《とつ》いだんだ」

「そうだったんですか……」

「相手は、大手商社に勤めるサラリーマン。父親は、同じ会社の重役だ。当然、体面を重んじる。ただでさえ、妻が死んで、片親というハンディを背負っているのに、さらにリストラされた父の娘ということで破談にでもなったら、娘に申し訳なくてね。だから、娘が結婚するまで、イチマツの社員という肩書を残しておきたかったんだよ。でもう、その必要はなくなった」

富井は、大きく息をついた。上下する肩に、重い荷を降ろした安心感や疲労感が見える。

心なしか、富井がいつにも増して小さく見えた。

「君も、ここまでがんばっているのには、何か理由があるんだろう。会社にしがみつくなんて、つまらないことだと言うヤツもいるが、他人様が何をしてくれるわけでもない。理由は知らないけど、君が納得いくまでがんばってほしいと、私は思うよ」

「富井さん……。だったら、一緒に――」

「私は、ここにいる理由がなくなった。もう、こんな屈辱には、堪えられないよ。何のために、何十年もイチマツに尽くしてきたのか。そう思うとやりきれないが、会社を恨んじゃいない。イチマツがなければ、今の私も、私の家族もないんだから」

そう言って、富井は立ち上がった。

「じゃあ、そろそろ行くよ。君一人にしてしまうのは、心苦しいが、本当にがんばってくれ。君はまだ、将来のある若者なんだから」

富井が初めて、笑顔を見せた。悲しく、翳《かげ》りのある笑顔だった。輪郭の線が、消えそうなほど細く見える。

工藤は、その雰囲気が気になった。

富井は、背中を丸めたままトボトボとドア口まで歩き、ノブを握った。

「富井さん。よかったら、うちに遊びに来てください。もっと、ゆっくり話したかったんです。ずっと待ってますから」

工藤は、背中に声をかけた。富井は、少しだけ首を後ろに回し、笑顔で小さくうなずき、部屋から出ていった。

それが、富井を見た最後だった——。


「雅彦さん、大丈夫？」

「ああ……」

富井の通夜に出た工藤と亜香里は、そのまま二人で、工藤のマンションに戻ってきていた。

富井は、会社を辞めたその日、家族で暮らした自宅マンションで、首を吊って自殺した。発見されたのは、三日後。父の様子を見に来た娘が見つけた。

通夜の列席者は少なかった。自殺という死因のせいか、親類縁者の出席は、ほとんどなかった。イチマツの社員も、辞めていった者や工藤たちを含めても、片手ほどしかいない。

淋しすぎる通夜だった。

工藤は、富井の霊前に立っただけでいたたまれなくなり、すぐ葬儀場をあとにした。

富井の翳りのある微笑みに気づいていながらなぜ止められなかったのかと思うと、自分が悔しくてたまらなかった。

そして、富井のような罪のない人間を死に追いやったイチマツという会社に、激しい怒りを覚えた。

「雅彦さん。雅彦さんのせいじゃないんだからね」

肩を落としている工藤に、亜香里は声をかけた。

「わかってるよ。わかってるけど――」

亜香里は、工藤の頭を抱き寄せた。

工藤は、亜香里にしがみついた。人の温もりに触れた瞬間、心の奥に抑え込んできた孤独や怒りや、やりきれなさが、一気にあふれてきた。

亜香里は、声を押し殺して泣く工藤を、強く抱きしめ続けた。


翌日から、工藤は抜け殻のように能力開発室で座り続けた。無精ヒゲを剃ることさえ忘れている。

目の前のパイプ椅子に、富井の姿がちらつく。そのたびに、怒りや哀しみが込み上げてくる。その感情を押し殺すと、暑さや寒さも感じないほど、脳内が真っ白になってしまう。

それでも座り続けていたのは、富井が最後に残した〝がんばってほしい〟という言葉をまっとうさせたかったから、だけだった。

そして、二カ月経ったある朝――。

工藤は突然、能力開発室から出され、人事部の執務室へ呼ばれた。

デスク前の応接ソファには、佐久本と岡部が顔を並べていた。

「ずいぶん、精悍《せいかん》な顔つきになったね」

佐久本が微笑みながら言うが、工藤は反応しなかった。

「明日から、君には元の営業二課に戻ってもらうよ」

佐久本が言った。

勝った瞬間だった。なのに、素直に喜べない。ただ、自分の心をいたずらにもてあそばれたような気がしていた。

「工藤くん！　常務が特別に、君の復帰を許したんだ。もう少し感謝しないか！」

岡部が、甲高い声でわめく。

「まあまあ、岡部君。そんな恩着せがましい言い方をするんじゃない。そういうことだ。明日からまた、懸命に営業に精を出してもらいたい。今日は帰って、体を休めたまえ」

佐久本にそう言われ、工藤は、席を立った。会釈だけして、フラリと執務室を出る。

亜香里が駆け寄ってきた。

「雅彦さん、何の話だったの？」

「亜香里か……。明日から、営業部に戻ることになった」

「よかったじゃない。おめでとう！」

亜香里は、工藤を元気づけようとしているのか、とびきりの笑顔で、工藤を見つめた。

しかし、工藤は小さく微笑むのが、精いっぱいだった。

「どうしたの？　うれしくないの？」

「……こんな会社に残る必要があるのか」

「雅彦さん！　何、言ってるの！」

「一部の人間だけの都合で、人の心を傷つけるような会社。富井さんみたいな人を殺してしまう会社に、いる必要があるのか？」

「仕方ないじゃない！　リストラしなくちゃいけないんだもの！　雅彦さんが、そこまで考える必要はないわ！」

「気持ちを……人生をもてあそばれてまで、会社というものにしがみつかなきゃいけないのか？」

「しがみついてよ！　お母さんのこともあるじゃない。今週末には、入院費の請求だって来るのよ！　それに、私たちの将来のこともあるでしょ！」

「わかってる。けど、この会社に残らなくても、母さんのことや将来のことは、考えられるだろ」

言った瞬間だった。

亜香里にいきなり、ビンタをされた。涙目で工藤を睨み据え、下唇を嚙んでいる。

「バカ！　私が……私が、どんな思いで……」

「亜香里……。おまえ、何かしたのか？」

工藤は、亜香里の両手を握った。亜香里はその手を振りほどくと、そのまま廊下を走って、トイレに駆け込んでしまった。

「亜香里！」

追いかけようとしたとき、執務室から出てきた岡部とぶつかった。

「ケンカでもしたのか？」

岡部が薄笑いを浮かべて、訊いてきた。しかし、工藤が無視して、亜香里を追おうとした。

「君が復帰できたのは、彼女のおかげなんだから。もう少し、優しくしてやらないと」

岡部があざけるように言う。工藤は、振り返るなり、岡部の胸ぐらをつかんで、壁に押しつけた。

岡部は不意を突かれ、顔を引きつらせた。

「な、何をするんだ!」

「亜香里のおかげというのは、どういうことだ!」

工藤は、岡部の胸ぐらをつかんで、揺さぶった。岡部の背中が、ガンガン壁に当たる。

「や、やめろ——誰か!」

岡部が叫ぶ。フロアから、数人の社員が出てきた。男性社員が、工藤を引き離そうとする。が、工藤はその腕を振り払い、なおも岡部に詰め寄った。

「どういうことだ、答えろ!」

「彼女が、君の復帰を強く求めたんだ! それだけだ!」

「それだけで、なんで亜香里が泣くんだ! 何をした。何をした!」

「し……知らない……」

岡部は、半べそをかいていた。

工藤は、岡部を突き飛ばし、そのまま執務室へ戻っていった。ドアを蹴破り、中へ入る。

執務机で書類に目を通していた佐久本は、工藤の形相を見て、顔を強ばらせた。血走った両眼が吊り上がっていた。顔色は蒼ざめ、こめかみには血管が浮き上がっていた。

工藤は、執務机を乗り越えて、佐久本の胸ぐらをつかんだ。

「亜香里に何をした！」

「な……何もしてない……」

「何をしたんだ！」

ネクタイの結び目あたりを握り、揺さぶる。

「く……苦しい……」

もがく佐久本の顔が、真っ赤になってくる。

「何をしたんだ、言え！」

「わ……私から言ったんじゃない！　彼女から言ってきたんだ！　自分の体を投げ出す代わりに、君を復帰させてくれと！」

「なんてことを……なんてことを！」

工藤の思考は、完全に飛んでいた。

抑えつけていたものが、一気に噴き出した。気がついたときにはもう、振り上げた右拳を、佐久本の顔面に叩き込んでいた。

拳が、佐久本の前歯を砕いた。口から噴き出した鮮血が、佐久本の白いシャツを染めていく。

「ま……待て！　私は、彼女には手を出していない。本当だ！」

佐久本がわめく。しかし、工藤の耳には届いていなかった。

溜まりに溜まった怒りを拳に注ぎ込み、佐久本を殴り続ける。メガネが割れる。鼻がひしゃげる。瞼の上が内出血を起こし、みるみると腫れ上がる。

「工藤、やめろ！　警察だ。警察を呼べ！」

あとを追ってきた岡部の声が聞こえる。人事部のフロアは、騒然となっていた。

しかし、誰も工藤の暴行は止められない。

「何もしてない……何も……」

顔面を砕かれた佐久本が、力ない声を出す。

そこに、亜香里が飛び込んできた。人垣を押しのけ、工藤のそばに駆け寄る。

「雅彦さん！　雅彦さん！」

腕にしがみついて、工藤を引き離す。亜香里の声だけには、工藤も反応した。

「早く逃げて！」

亜香里が、工藤の目を見た。

「逃げて！」

工藤は、合図を受けた犬のように猛烈な勢いで部屋を飛び出した。野次馬の波が左右に割れ、道を開く。

会社を抜け出した工藤は、とにかく走り続けた。

どこをどう走ったのか、いつ電車に乗ったのか、さっぱりわからない。気がついたとき、工藤は新宿中央公園まで来ていた。

工藤は、ベンチの上で一夜を明かした。いつの間にか、眠り込んでいたらしい。

起きあがった工藤は、座り込んだままぼんやりと昨日のことを思い出していた。

亜香里を凌辱されたと思いこんで、佐久本を殴ってしまった。佐久本はやっていないと言った。

少し冷静になると、佐久本の言葉が脳裏に甦ってきた。もし本当に佐久本の言う通りだとしたら、自分のやったことは単なる暴行だ。

それは、事実として残ってしまった。上司を殴ってしまった以上、会社には戻れない。

会社に未練はない。だが、自分のために力を注いでくれた亜香里の気持ちを無にしてしまった……と思うと、胸が痛かった。

「どうする、これから……」

工藤は、空を見上げた。秋だというのに、どんよりと重い雲が、空を埋めていた。今の工藤の心にぴったりだった。

その時、ふと母のことを思い出した。今週末の治療費……。亜香里の言葉も思い出す。

そうだ。とにかく、その金だけはなんとかしなければ——。

まだ、給料日前。おそらく、こんな事態を起こしてしまった以上、サラリーは入らないだろう。

工藤は、内ポケットから財布を取りだした。

銀行のカードはあるが、残高はほとんどない。クレジットカードのキャッシングもギリギリで、必要な金は集まらない。

その時社員証が目に留まった。

この社員証さえあれば金は借りられる。借りるなら、早い方がいい——。

工藤は急き立てられるようにベンチ脇から立ち上がって、服装を整えた。

あとのことは考えていなかった。

今はとにかく、母親のことだけでもなんとかしなければ……。

その思いだけに突き動かされ、工藤は何軒かの消費者金融を回った。

そして、歌舞伎町の消費者金融を出たところで、若い二人組に襲われて……。

7

「やあ、工藤くん。体調はどうだい？」

小暮が、顔を覗かせた。

毎朝、小暮は朱里のマンションへ工藤の様子を見にくる。

「おかげさまで、ずいぶんよくなりました」

「いやいや、君の回復力はたいしたもんだよ。たった二週間で、起き上がれるまでになったんだから。骨と筋肉がしっかりしているからだろうね」

小暮が、ごつい顔に笑みを浮かべる。

もう、二週間になるのか……。

毎日が早いような、遅いような。しかし、起きても寝ていても、思い返すのは、朱里のマンションへ運ばれてくるまでの出来事だった。

母親のことが気になる。亜香里が、どうなっているのかも気がかりだ。

「朱里さんは？」

「ああ。彼女は今、出張してる。明日の朝には、帰ってくるよ」

「本当に、何から何までお世話になりました。でも、そろそろ僕も動けるようになったことだし、病院へ移ろうかと思っているんですけど」

工藤が言った。

とたんに、小暮が顔を曇らせた。

「そろそろ話さなくてはいけない時期のようだね……」

「何ですか？」

聞き返す工藤の顔に、緊張が走った。

小暮は、脇に置いたデイパックのファスナーを開けて、中から新聞を取りだした。

「社会面を見てみなさい」

言って、工藤に新聞を手渡す。

佐久本部長を殴ったことでも、新聞に載っているのだろうか……。

そう思いながら、おそるおそる新聞を開いた。事件報道が紙面をにぎわせている。

工藤は、記事に目を通していった。

この新聞に何が……と思ってみていたとき、工藤は両眼を大きく見開いた。

《新宿歌舞伎町一丁目の路地で、高校生二人が殺されていた事件で、警視庁捜査一課と新宿東署は、事件当日、現場付近の民間金融会社で多額の借金をした男が関係しているとみて、その行方を追っている。男は、工藤雅彦。大手事務用品メーカー・イチマツの社員で、年齢は三十二歳。会社でトラブルを起こしたあと、スーツ姿のまま行方をくらましている――》

その記事の横に、小さく工藤の顔写真が載っていた。

「僕が……殺人？」

工藤は、記事を見据えたまま、身を凍らせていた。

「君が殺人を犯したかどうかはわからない。しかし、私が君を見つけたとき、死んだ高校生二人と、君だけが現場にいた。高校生たちは、すでに死んでいた。君も、激しい暴行を受けた上に雨にさらされ、体温が低下して、死ぬ寸前だった」

小暮は、言い聞かせるように語った。

「僕は……僕は、人殺しなんて……」

「私もそう信じたい。しかし、現場を見た感じでは、君が金を取り返そうとして、彼らを殺してしまった――と見られても、仕方ない有様だったよ」

「僕は殺してない！　彼らが生きているうちに、気を失ったんだ！　僕が殺されるところだったんだ！」

興奮すると、肉体が軋む。けれど、痛みなど関係なかった。

「無意識に殺してしまったのかもしれない」

「僕は、殺していない！」

「人は、時として、自分の身に危険を覚えたとき、無意識に反応して攻撃を仕掛けることがある。君が殺したとしても、殺す意志があったわけじゃない。その場に倒れていたのがその証拠だ。君は、被害者だ」

「殺してない！　本当です。信じてください！」

「私個人が信じるのは簡単だ。しかし、警察はそうはいかない。私は、死にかけている君の体がよくなれば、警察に一緒に出頭しようと思っていた。けれど、君の事情を知っては、そうもいかなくなった」

「警察へ行きます。行って、無実を証明します！」

「お母さんは、どうするんだね！」

小暮が強い口調で言った。工藤は、言葉を吞んだ。

「君がいなくなったら、お母さんはどうする？　ただでさえ、心臓が悪い人だ。君が、逮捕されたと知ったら、どうなると思うかね」

もっともだった。ただでさえ心配をかけているだろうに、息子が殺人を犯して、逮捕された、と知ったら——。

今の母の状態では、体がもたなくなるだろう。

「状況から見て、君が殺していないという保証はないんだよ。それどころか、警察は君を犯人として決めつけている。仮に殺していないにしても、拘留は長引く。その間、お母さんの入院費はどうする。誰が、面倒を見る。その後どうする」

小暮がたたみかける。

どうにもできない。仮に無罪となっても、職は見つからないだろう。といって、逃げ回っていても、何もできない。

どうすれば……。

工藤が、頭を抱えているときだった。

「工藤くん。私に、一つ提案がある」

「提案？」

「君の代わりに、私の部下に出頭してもらう。そして君には、私の仕事を手伝ってもらう」

「代わりに？　替え玉を出すと言うんですか！　それはできない！」

「考えてみたまえ。すべてを丸く収めるには、それしかない。君はもう、元の会社には戻れない。捕まれば、状況証拠だけで立件されることもあるだろう。そうなれば、お母さんだけでなく、君の人生すら、先が見えなくなる。それでは、病気を患ってまで君を育ててくれたお母さんに、申し訳ないと思わんかね」

「だからといって、見知らぬ人の人生を狂わせることはできません！」

「身代わりは、私の腹心だ。納得のいく理由をつけて、うまくやる。そのために、最高の弁護士もつける。君は、心配しなくていい」

小暮は優しい口調で、とんでもないことを言っている。

工藤は、言い知れない恐ろしさを感じた。

「……手伝う仕事というのは、何ですか？」

「なんのことはない。ちょっとした肉体労働だよ。心配しなくとも、ちゃんとした仕事だ。考えてくれるかね？」

「僕は……」

「すぐに返事をくれなくてもいい。どっちにしても、完治するまでにはまだ二週間ぐらいかかる。それまでじっくり考えてほしい。君と君のお母さんのこれからを」

小暮は言うと、立ち上がってマンションから姿を消した。

僕が、殺人犯……。

工藤は、新聞を握ったまま、しばらく震えていた。

混乱する思考を抱えたまま、日にちだけが過ぎていった。

気持ちとは裏腹に、体の傷は癒《い》えていく。

警察へ行って、事情を話せばすむことだ……と、思いつつも二の足を踏んでいた。

『やっていないという保証はない――』

という小暮の言葉がひっかかっていた。実際、金を取り返そうと、抵抗したのは覚えている。

そして、死を予感した瞬間のことも……。

自分の肉体が死を感知し、無意識のうちに抵抗して、いつしか歯止めが利かなくなって――。

もしかしたら……という思いが、日に日に膨らんでいく。

しかし、仮に自分が殺していたとしても、自分の身代わりを立てるというのは、どうしてもやりきれない。

それに、小暮が自分に何をさせようとしているのかわからない。

殺人犯かもしれない男に手伝わせる仕事だ。まともな仕事ではないと思う。

考えているとき、朱里が戻ってきた。

「今日は、体調いいみたいね」

朱里は、そう言いながら、バッグをテーブルに置いた。

「朱里さん……」

「何？」

「小暮さんが手伝ってほしい仕事というのはどんなものですか？」

「さあ。スポーツ関係か、ジム器具関係の仕事じゃないの？」

「朱里さんは、何をしてるんですか」

「私は、インストラクター。このボディを見ればわかるでしょ」

朱里が、少ししなをつくってみせた。張りついたワンピースの下から、かすかに腹筋が浮かび上がる。

「たぶん、私と同じ、インストラクターにしようと思ってるのよ。優秀なインストラクターが少ないからね」

「そうでしょうか……」

「そうよ。あなたの骨の強さと、筋力の強さに惚れたのかもね。肉体は誰でも鍛えられるけど、素質を持った肉体というのは、少ないものよ。その素質が、あなたにはある」

「しかし、僕は、人を殺してしまったかもしれない人間です――」

「会長、代役を立てるって言わなかった？」

朱里がこともなげに言う。工藤は顔を上げた。

「どうしてそれを」

「私もそうなの。弾みで人を殺しちゃったことがあってね。殺されて当然みたいなひどい男だったんだけどね。その現場にたまたま、会長がいて、事情を聞いてくれて。そして、『君は悪くない』と言ってくれて、代役の話をしてくれたの。うれしかったわ」

「君は……それでも、平気なのか？」

「私は、被害者。あんたもそう。母親の治療費にとかき集めたお金を、彼らは自分たちが遊びたいがために、奪おうとした。そして、反撃されたら、あんたを殺そうとした。同情の余地もないクズじゃない」

そう言った瞬間、朱里の瞳が冷たい光を放った。そこには、憎悪すら窺《うかが》える。

「死んで当然のゴミが死んだだけ。そんなゴミのために、人生潰すことはないじゃない」

「けれど、代わりに差し出された人間の人生は――」

「それなら平気よ。私の代わりになってくれた人も、半年で出所できて、今はハワイに豪邸を建てて、優雅に暮らしてる。そこまで、会長は面倒を見てくれる。だから、心配はいらない」

朱里は、当然のように言った。

何があったのかはわからない。が、朱里が小暮の申し出を受けて救われたことだけは事実のようだ。

「……本当にインストラクターなのか?」

「そうよ。他に何ができるっていうのよ、スポーツ屋さんに」

朱里は笑って、

「食事の用意するわね」

と言い、キッチンへ歩いていった。

インストラクターか。疑念は拭えないが、本当にそうだったら……と思うほどに、心が揺れた。

二週間など、あっという間に過ぎていった。

少し痣が残っているものの、肉体自体は完全によくなっていた。

ベッドを下り、楕円形のテーブルで朱里と朝食を摂っていると、そこに小暮がやってきた。

小暮の顔を見るたびに、答えを出さなければと思う。気分は重い。

「おっ、うまそうだね」

小暮は、テーブルの端に座り、朱里の皿のベーコンをつまんで、口に放り込んだ。

そして、噛んだベーコンをゆっくり飲み込み、工藤の方を向いた。

「工藤くん。そろそろ返事を聞かせてもらおうか」

前置きなしに小暮が訊いた。

工藤は考えた。朱里も小暮も、黙って工藤を見つめている。たった数秒が、やけに長く感じる。

工藤はうつむいて、目を閉じた。

自分の心に問いかける。やはり、母親のことを考えると、小暮の提案を受け入れるのが、一番だ。

もう一度、今までのことを振り返る。

理不尽な異動から、人生の歯車が狂った。いまだに狂い続けている。もう、後戻りはできない。

自分のせいなのか……。

それとも、運命のいたずらか……。

何度も何度も、自分に問いかけてみた。そして最後には、母のところへ行き着いた。

工藤は、大きく息を吸って、顔を上げ、目を開いた。

「小暮さん。提案を受け入れさせてもらいます」

「そうか。賢明な選択だ」

小暮は、深くうなずいた。

工藤の心は重い。しかし、狂ってしまった歯車を元に戻せない以上、現時点で最良の選択肢を選ぶしかない。

工藤は、そう思った。

「では、明日から横浜のトレーニングセンターへ行ってくれ。朱里、明日の朝、工藤くんを送り届けろ」

「わかりました」

朱里がうなずいた。

「小暮さん。一つお願いがあるんですけど」

「なんだね？」

「ひと目、母に会わせてもらえませんか」

「何言ってるの！　あんたはまだ追われてる立場よ！　会長のことも少しは――」

「朱里」

小暮は、朱里を制して、

「わかった。今夜、面会できる手はずを整えよう。それだけだね」

「はい。よろしくお願いします」

工藤は、言った。

その瞬間、自分の中で大事にしていた何かが、崩れてしまったような気がした。

8

深夜の聖林医大付属病院。急患のフリをして救急車で運び込まれた工藤は、そのまま母親の隣の病室に運び込まれた。

母親の個室の前には、刑事が二人、見張りに立っていた。病人に精神的な負担をかけてはいけないという配慮から、病室内に刑事はいないという話だった。

滑車付きのベッドから降りた工藤は、ドア口で外の音に耳を澄ました。

看護師が、工藤の姿を見かけたと言って、刑事たちを誘い出し、その間に工藤は母親の病室へ入る。単純な計画だった。

仕込みの看護師は、朱里だった。その朱里が、駆けてくる音が聞こえる。

ナースサンダル独特の足音が止まり、何かしら話し声がした。そして、複数の足音が、工藤の病室の前を通り過ぎる。

その時、朱里がコンとドアを叩いた。合図だった。

工藤は、ドアを少し開け、そっと外の様子を窺った。誰もいないようだ。足音が過ぎ、静けさが戻る。

工藤は、部屋を飛び出て、急いで隣の個室に入った。ベッドサイドに行き、母親の顔を見下ろす。非常灯の明かりだけが、工藤の顔を照らし出す。

人の気配に気づいて、母・君枝が、ゆっくりと目を開いた。その目が、みるみる大きくなる。

「雅彦……」

君枝が、スタンドのスイッチに手を伸ばした。

「明かりはつけないで」

工藤は、小声で言った。

「雅彦。おまえ、いったい何を……」

「僕は何もしていないんだよ。亜香里は来るかい？」

「ああ。毎日来てくれるよ。心配してたよ、おまえのことを。何があったのかは、母さんも聞いた。母さんのために、ごめんよ」

君枝は、涙を浮かべて、手を伸ばしてきた。

細い腕だった。働き詰めだった手のひらは、カサついている。その手を握り返したとき、
工藤は、自分の選択が間違っていなかった……と思った。

「母さん、僕を信じて。僕は、何もしていない。亜香里にも、心配しないよう伝えておいて。働くところも見つけたから、金の心配もいらないってね」

「雅彦。母さんのために無理してるなら、もういいから……」

「無理なんかしてないよ。母さんは、自分の体のことだけ心配して。しばらく、研修があるから顔出せないけど、大丈夫。必ず、戻ってくるから」

工藤は、手のひらを強く握り、微笑んだ。

と、いきなり、病室のドアが開いた。

「工藤、時間よ！」

朱里が戻ってきて、小声で言った。

看護師姿だった朱里は、いつの間にか黒いパンツルックに着替えていた。

「じゃあ、母さん。僕、もう行かなくちゃ」

「雅彦。ごめんね、ごめんね……」

「母さんは何も悪くない。今度会うときは、元気な母さんの姿を見せてよ。じゃあ」

工藤は、握り返してくる母の指を無理やりほどくと、背を向けて、振り返ることなく、病室を飛び出した。

「こっちよ！」

非常階段をくだり、裏口から出る。停めてあったスモーク張りのショートワゴンに乗り込んだ。

運転席に乗り込んだ朱里は、ヘッドライトをつけずに、車を走らせ始めた。

後部シートに身を伏せていた工藤に、朱里が話しかけてきた。

「お母さん、どうだった？」

「心配してたけど、元気そうだったよ」

「よかったわね。私には、心配してくれる身内もいないわ」

朱里は、大通りまで車を走らせ、ヘッドライトをつけると、アクセルを踏み込んだ。

そして、翌日の朝――。

工藤は、朱里が運転する赤いフェラーリで横浜にある〈小暮スポーツ横浜特別トレーニングセンター〉へ向かった。

第二章　横浜養成所

1

まぶしい朝の光が、フロントから飛び込んでくる。朱里は、濃い茶色のサングラスをかけ、前を見据えていた。

「これから向かうトレーニングセンターは、ただのトレーニングセンターじゃないわよ。内容は、かなりハード。生半可な気持ちじゃ、三日ともたないわ。大丈夫？」

「僕にはもう、そこへ行くしか道はない。心配してくれて、ありがとう」

工藤は素直に言った。

朱里は返事もせず、すました顔でフェラーリのハンドルを握り続ける。

横浜のトレーニングセンターでは、インストラクター養成のためのすべてのカリキュラムを三カ月で終えるという。

詳細については、小暮も朱里も教えてくれなかったが、センターへ送られた人間の九割が脱落するらしい。一カ月ももたない人間もザラだと、小暮は言っていた。

本格的にエリートインストラクターを養成する場所のようだった。

「君も、トレーニングセンターへ行ったことがあるのか?」

「私は、優秀な卒業生よ」

朱里は言うと、さらにアクセルを踏み込んだ。

工藤は、小さく微笑《ほほえ》んで、車窓に流れる景色を見ながら、押し黙った。

これから、何が起こるのか。不安がないわけではない。しかし、もう後戻りできないことだけは感じていた。

反対車線に目を向ける。都心へ向かう車がひしめいている。車中には、ネクタイを締めた通勤途中のサラリーマンの姿もある。

新しい人生への門出なのに、パリッとしたスーツ姿を見ると、つい過去のことを思い出してしまう。

ほんの数ヶ月前まで彼らと同じようにスーツを着てネクタイを締め、人であふれる都会の雑踏を歩いていた。

退屈で平凡で不満だらけの生活だったが、今思うと、貴重な時間だったような気もする。

亜香里は、どうしてるんだろう……。

工藤は目を閉じ、小さく首を振った。

僕はもう、彼らの世界には戻れない人間になってしまったんだ――。

二人を乗せた車が、第三京浜を降りていく。

市街地へ近づくにつれ、海が見えてきた。まばゆい陽光を浴びて、ゆったりとうねっている。

車は、桜木町方面から本町通りに入り、弁天橋を越えたところで停まった。

新旧の建物が入り交じる不思議な空間が広がる。けれど、どの建物も潮焼けしているせいか、風景に不調和な感はない。

「このあたりなんですか？」

周りを見回す。しかし、トレーニングセンターらしき建物は見あたらない。

「道路の向かい側に、レンガ色の建物が見えるでしょ」

朱里は、運転席から道路の向こうを見た。工藤は目線の方向を追う。玄関へ上がる階段に鎖がかけられた建物があった。

「あの鎖がかかっているところ？」

「そう。あそこが、横浜の特別トレーニングセンターよ」

朱里に聞かされた瞬間、全身にピリッとした緊張が走った。

「ここからは、あんた一人で行くのよ」

「送ってくれて、ありがとう。研修が終わったら、食事でもおごりますよ。お世話になったことだし」

「何、言ってんの。そんな甘っちょろい気分じゃ、一日ももたないよ」

「大丈夫。必ず、戻りますから」

工藤は言って、微笑んだ。

ドアに手をかける。周りの車を確認して、ドアを開ける。

「工藤――」

「なんですか?」

「……もし、逃げたくなったときは、本気で逃げるんだよ。いいね」

朱里は、サングラスの下から、真剣に見つめて言った。

「心配性ですね。大丈夫。必ず、最後までやり遂げてみせますから。じゃあ、小暮さんによろしくお伝え下さい」

工藤は、笑顔のまま、車を降りた。

道路を渡り、煉瓦造《れんがづく》りの古い建物に向かって、走っていく。

朱里は、工藤の背中を心配そうに見送って、アクセルを踏み込んだ。

2

工藤は、階段前にかけられた鎖を乗り越え、そのまま上がっていった。

古い建物だった。周りに新築のビルがあるからか、壁のくすみ具合が、ひときわ目立つ。が、壁を支える煉瓦は力強く、どの建物よりもしっかりしているようにも見えた。

工藤は、大きな鉄扉《てっぴ》の前まできた。扉全体に黒錆がまとわりついている。重苦しい雰囲気の扉を前にして、工藤はますます緊張していた。

ここから、入るのか……？

扉を見てみるが、表のかんぬきにかかっている南京錠が錆びついていることから、この大扉は出入りに使われてはいないらしい。

工藤は、階段の周辺を隅々まで調べてみたが、やはりどこにも出入口はない。

「本当にここなのか……？」

工藤は表玄関を離れ、右側から建物を回り込んだ。

右側面にもドアはない。なら、裏口だと思い、玄関の真裏にあたる壁面行ってみる。小さな出入口らしきものはあったが、そこも表玄関同様、錆びた南京錠がかかっていた。試しに、かんぬきを揺すってみるが、やはり開かない。

残りは、左側面だった。が、そこは、隣のビルが接建されていて、ヒト一人がやっと入れるほどの隙間しかない。

「こんなところに、出入口があるかな……」

思わずつぶやくが、残っているのはここしかない。

このまま帰るわけにもいかない。工藤は、とにかく狭い隙間へ入ってみることにした。

体を横に向け、カニ歩きで少しずつ進みながら、壁を触って確かめてみた。

真ん中あたりに来たときだった。手が不自然なくぼみをとらえた。わずかに進んで、くぼんだところを両手で押してみる。

と、いきなり、そのくぼみがボコッとへこみ、工藤の体が前方へ放り出された。

工藤は、前にのめって空間へ入っていった。つまづきそうになる足を踏ん張って堪える。ようやく立ち止まって、上体を起こす。と、すぐ目の前にカウンターがあり、右目に黒い眼帯をした細身の男が座っていた。

工藤は、ギクリとして、男を見た。不気味だった。気配というものをまったく感じない。

カウンターの置かれたところが、薄暗い小部屋になっているせいもあるのだろう。ホラー映画などに出てくる、洋館の執事を見ているようだった。

男は、不機嫌そうな顔をして、じっと工藤を見返していた。

「あの……」

「まずは、七点といったところだな」

男はそうつぶやいて、立ち上がった。黒いスエットスーツを着て、手には紙を挟んだボードを持っている。

「工藤雅彦君だな」

「はい、そうですが……」

「表裏のドアが開かないから、左右の壁にドアを探し、狭いスペースに入ってまで、確かめる。行動は評価できるが、時間がかかりすぎだ。もう少し、状況判断を迅速にしろ」

「はい」

返事をしてみたものの、何を言われているのか、さっぱりわからない。

「私はここ、小暮スポーツ横浜特別トレーニングセンター一階フロアの総合トレーナーをしている神城《かみしろ》だ。これから一カ月、私のカリキュラムで君を鍛えることになる。よろしく」

「よろしくお願いします」

工藤は、直立して頭を下げた。

神城は、見た目とは違って、ずいぶん歯切れのいい言葉遣いをする男だった。その口調が、工藤の気分を引き締める。

「向かって左手のドア奥が、トレーニングルームになっている。いったん、そのドアを潜れば、カリキュラムを終えるまで一歩も外に出さない。寝食もジム内でしてもらう。カリキュラムについていけなくなり、逃げ出すのは自由だが、出入口はここしかない。普段は、警備の者がこのカウンターに座っている。見つかれば、君を侵入者と見なし、身の安全は保証しない」

神城は言う。

工藤は、ゴクリとツバを飲んだ。のんびりとしていた気分が、ここへ来て一気に緊張した。

逃げるときは、本気で逃げるのよ——。

早くも、朱里の言葉が脳裏をよぎる。

あの言葉は、忠告だったのか……。

「君の能力いかんにかかわらず、私が決めた一日のカリキュラムはこなしてもらう。終わるまでは、食事も睡眠も与えない。食事を摂り、眠りたいなら、時間内にすべてをこなすことだ」

　神城は、工藤を見据えたまま、淡々と言葉を続ける。

　片目しか出ていないのに、その瞳には、人を威圧するような迫力を感じる。

「カリキュラム途中でもついていけないと私が判断した者は即、会長のもとへ送り返す。その時点で、小暮スポーツへの入社はない。送り返されたあと、君自身がどう処分されても、文句を言わない。そのことをこの場で了承しておいてほしい」

「処分というのは……？」

「処分は処分だ。各人によって処分の方法は違う。それは会長が決めることだ。どうする？　やめるなら、今のうちだ。今、ここから立ち去る分には、何の責任も問われない」

　神城が、工藤に訊いてきた。

　さすがに工藤は迷った。自分が想像していた以上に、ハードな内容だと感じていた。

　しかも、身の安全とか処分とか、背後に尋常でない雰囲気が漂っている。

　しかし、母のことやこれからのことを考えると、逃げ出すわけにはいかない。

　人を殺したかもしれない……という可能性が残っている以上は。

「僕は、ここへトレーニングに来たんです」

工藤は、神城を見据えていった。

「気合いは結構だが、決断は迅速にしろ。すべての状況で、自分の運命を左右するのは、決断力だ。わかったね」

「はい」

「では、行こうか――」

神城は、カウンターから出て、工藤の前を横切り、ドア口に立った。木枠のドアを引き開ける。ドアはかなり厚い。

神城が、少し上体を屈めながら、中へ入っていく。工藤も同じように頭を低くしながら、神城について入った。

まもなく目の前にだだっ広い空間が現われた。壁を見て回っているときは、そう広さを感じなかったが、中は、陸上の室内競技が行なえるほどの広さはある。

古びた外見とは違い、フロアにはクッション入りのゴムシートが敷き詰められ、小暮スポーツの最新トレーニングマシンが、運び込まれていた。

フロアの一番奥には、プールまである。プールの奥には、もう一つドアがある。そこは、〝スタッフオンリー〟となっていて、見張りのようにトレーナーが立っていた。

広い空間の中で、先に来ていた研修生たちが、トレーニングをしていた。

人数は、三十名近く。男女同数くらいだが、誰もが言葉を交わすこともなく黙々とトレーニングに励んでいた。

工藤が入ってきたというのに、研修生たちは、一人として見向きもしない。

フロアの壁際には、黒いスエットを着た男が四人、立っていた。トレーナーなのだろうか。ただ、突っ立って、研修生たちのトレーニングをじっと監視している。

煉瓦造りの空間のせいか、中は思ったより涼しかった。といっても、クーラーが入っているわけではないので、長袖のスエットを着ているとじんわり汗ばんでくる。

窓はなかった。フロアを照らすのは、天井に張り巡らされたライトだけ。しかし、昼間のような明るさだった。

「石黒《いしぐろ》君」

神城が声をかけると、ランニングマシンの近くにいた男が、駆け寄ってきた。背が高くて胸幅もある。筋肉質な小兵の相撲取りのような体格の男だった。

神城は、石黒を見上げた。

「今日から、ここでトレーニングすることになった工藤雅彦君だ」

「よろしくお願いします」

工藤は頭を下げたが、石黒はチラッと目線を返しただけだった。

「これが、前半のカリキュラムだ。この通りに訓練を行なってくれ」

「わかりました」

石黒が野太い声で言う。神城は、工藤の方を向いた。

「工藤君。今度、君が私と会うときは、一カ月後。一階フロアのカリキュラム終了後だ。それ以外に、私と会うことはない。また君と顔を合わせたいものだな。期待してるよ」

「はい。必ず」

工藤が言うと、神城は去っていった。

工藤は、石黒の方に向き直った。そびえたつ巨漢を前にして、工藤の面持ちは強ばっていた。

「よし、工藤。さっそく、ランニングマシンに乗れ。距離は一〇キロ」

「準備運動はしなくていいんですか？」

「問答無用！」

石黒は、静かに言った。

迫力に圧《お》された工藤は、急いでランニングマシンへ駆け寄り、ベルトの上に乗った。

それが、地獄のトレーニングの始まりだった。

3

「遅い！ もっと速く腕を締めろ！」

石黒が怒鳴る。

工藤は胸筋を鍛えるバタフライマシンに腰掛け、両腕を前に立ててレバーを押した。負荷が強すぎる。気を緩めると、腕が弾き飛ばされそうだ。

腕の付け根の筋が、悲鳴を上げている。それでも工藤は歯を食いしばって、腕を閉じては開いた。

横浜へ来て三日目。たった三日で、工藤の頬は、げっそりとこけ、目の周りにはひどいクマができていた。

トレーニングは、ハードなどというものではなかった。それはもう、拷問に近い。

一日のトレーニングは、ランニングから始まる。一〇キロランニングだが、最後には全速力に近い速さで走らされる。

休む間もなく、ベンチプレスやフットプレスが待っている。腹筋は、初日が五百回。翌日からは、一千回がノルマだった。エアロバイクは二〇〇キロ。縄跳びもあれば、反復横跳びまでさせられる。

プールは毎日、一〇キロメートル泳がなければならない。水泳は、風呂代わりにもなっているようだった。

トレーニング中の食事は、必要な栄養素を配合したスポーツドリンクに、筋肉繊維の基となるプロテインだけ。

トレーニング終了後にまともな食事は出るが、工藤はまだ一度もその食事を口にしていない。間に合わないのだ。

食事は、時間が来れば、食べていようがいまいが関係なく、トレーナーに下げられてしまう。

就寝はいつも、ランニングマシンの横。寝袋一つが渡され、その中にすっぽりと収まって眠りにつく。

毎日、トライアスロンをしているのではないかと思うほど、苛酷だった。

エリートインストラクターを育てるためとはいえ、このトレーニングは、厳しすぎるような気がする。

精神的な疲れは、イチマツの能力開発室時代のことを思えば堪えられる。けれど、肉体は完全に悲鳴を上げていた。

「ほら、どうした！　今日もメシ食えないぞ！」

石黒が怒鳴る。

しかし、歩くのが精いっぱいというぐらい疲れ切っていては、食べても吐いてしまうだろう。トレーニング中に飲むドリンクすら、吐き出しそうになってしまう。が、水分だけは摂っておかないと、本当に倒れてしまうと思い、工藤は無理やり、喉の奥へ流し込んでいた。

なんとかバタフライマシンを終え、椅子から下りた。石黒が、プロテインとドリンクを手渡す。

そのペットボトルを持つのもつらい。細胞の一つ一つまで、軋んでいるようだった。

「何、休んでる！　次はエアロバイク二〇〇キロだ。ドリンクは漕ぎながら飲め」

石黒は、工藤の襟首をつかんで立たせ、エアロバイクに引っ張っていった。

工藤は、うなだれながらもバイクにまたがった。漕ぎ始める。やはり負荷はきつい。ブレーキを掛けたままの自転車のペダルを漕いでいるようだ。

「もっと速く！　チンタラ漕いでるんじゃない！」

石黒は、今にも殴りかかってきそうな迫力で怒鳴る。

工藤は、上体を倒し、ハンドルを握りしめ、必死に足を動かした。

目の前には、トレーニング中の女がいた。腹筋運動をしている。女ながら、身を起こすたびに腹が割れ、筋が立つ。長い髪を振り乱し、すごい速さで腹筋運動を繰り返していた。

目の端に、他の研修生たちの動きが、見るともなしに入ってくる。その右目の端に映った男が、ランニングマシンで走っている途中に倒れた。

意識が飛んだのか、バーに思いきり顔をぶつけ、回り続けるベルトの上に倒れて、体ごとフロアに流れ落ちた。

「石黒さん！　山岡《やまおか》がまた、倒れました！」

トレーナーの一人が、石黒を呼んだ。石黒は、トレーナーの中でもチーフ的な役割をしていた。

「サボるんじゃないぞ」

石黒は工藤をひと睨みし、エアロバイクから離れた。

工藤は、気になって、山岡と呼ばれた男の方を見ていた。他の研修生たちは、山岡のことなど気にせず、黙々と自分のトレーニングに励んでいた。

そういえば、研修生たちの名前を知ったのは、これが初めてだ……。

工藤は、ふと気づいた。ここへ来て、研修生同士の自己紹介はなかった。夜はクタクタに疲れ切っていて、食事中も、就寝前も、誰一人口を利こうとしなかった。

工藤は、バイクを漕ぎながら、山岡の様子に見入っていた。

石黒は、他のトレーナーにプールの水を汲んでこさせた。バケツを受け取り、頭から水の固まりをぶつける。

山岡が意識を取り戻した。が、起きようとするも上体すら起こせない。

石黒は、そんな山岡を見下ろしながら、他の研修生にも聞こえる大声で言った。

「ここへ来て、何度倒れたと思ってる！　貴様には、資格はない。たった今、ここから出ていけ！」

石黒が、すごい剣幕で怒る。火山が爆発したような怒鳴り方だった。

山岡は、顔だけ起こし、石黒の足にしがみついた。

「い……石黒さん。オレは、まだ……」

「資格はないと言っただろ」

石黒は、山岡を冷たく見下ろすと、自分の足をつかんでいる山岡の腕を踏みつけた。そして、山岡が悲鳴を上げる。石黒は、山岡の襟首をつかみ、ゴミ袋のように持ち上げた。そして、脇に立っていたトレーナーに放り投げる。

「捨ててこい」

「待ってください！　オレはまだ！」

最後の力を振り絞ってわめく山岡の鳩尾《みぞおち》に、トレーナーの拳がめり込む。目を剝いた山岡は、胃液混じりのヨダレを吐き出し、ガクリとうなだれた。トレーナーが山岡の体を肩に乗せ、出入口の方へ消えていく。

問答無用に排除されるやり方。能力開発室のことを思い出す。けれど、状況は違う。ここは、選ばれた者だけが残れる場所だ。

そう。何が何でも、生き残らなくてはならない。

思いながら、山岡の方を見ていると、石黒がくるりと振り返り、戻ってきた。工藤はあわてて前を向き、エアロバイクを漕ぎ始めた。

「工藤……余裕だな」

石黒は、太い声で静かに言う。工藤は返事をせずに、ひたすら前を見て漕ぎ続ける。

「明日は我が身だ。貴様がいくら、会長のお気に入りだからといって、容赦はしないぞ。ついていけない者は、俺の判断で振り落とす――」

会長のお気に入り？　どういうことだ？

訊きたいことは山ほどある。しかし、訊けるような雰囲気もなければ、質問する余裕もない。

いつしか、工藤の体からは汗も出なくなり、肌が塩の固まりで白くなっていた。

疲労のピークは、一週間後にやってきた。

起床時間になったが、起きあがることすらできない。

体を起こそうとする意志はある。が、全身のあらゆるところがだるくて、ちょっと動かすだけで、みしっ……と音を立て軋んだ。

「工藤。朝だぞ」

石黒の声が響いた。

が、その声に反応して、顔を上げるのが精いっぱいだった。

ひどい顔だった。頰は三角に抉《えぐ》れ、目の周りには、殴られたようなクマができている。

「寝ていてもかまわんが、ノルマはこなしてもらうぞ。遅く起きれば起きるほど、貴様の今夜の就寝時間が遅くなるだけだ。今、起きておいた方が、自分のためだ」

石黒の口調は、いつもより優しい気がする。それでも、体を起こせない。

「工藤、起きろ」

石黒は、爪先で工藤の体を軽くつついていた。

何度かつついたあと、突然、思いっきり背中を蹴飛ばしてきた。

工藤は、息を詰めて、仰け反った。軋む体にビリビリとした痛みが走る。あまりの衝撃に声も出せなかった。

「起きろ、工藤！　貴様のトレーニングが終わらないことには、俺が休めないんだよ。さっさと、始めろ！」

石黒の口振りが、いつものように乱暴になってきた。

そんなことだろうと思った。石黒が、工藤や他の研修生たちのことを気づかうとは、どうしても考えられない。

工藤は、もう起きたくなかった。

研修後に食事でも──なんて、朱里には言ったけれど、とても三カ月はもたない。特別、運動をしていたわけでもない自分が、一週間もっただけでもよし、だと思う。

だいたい、どう考えても、トレーニングが厳しすぎる。

筋肉を鍛えたいなら、それなりの理論に裏打ちされたカリキュラムがありそうなものだ。が、この研修所では、個人の体力を無視して、ひたすらハードなトレーニングを続けるだけ。

格闘家を鍛えているわけでもないだろうに……。

工藤は、首をうなだれ、寝袋の枕の部分に頭を乗せた。たちまち瞼が重くなってくる。

疲れ切った肉体は、何をおいても睡眠を求めていた。

石黒の気配は感じているが、今は、怖くも何ともない。とにかく、眠りたいだけ。

すると、石黒がいきなり、工藤の襟首をつかんだ。

工藤は、抵抗しなかった。寝袋の中から、蓑虫《みのむし》のように引きずり出される。

このまま、何もしなければ、山岡のように連れ出されて終わりだろう。

小暮には悪いが、ここで終わりになるのなら、それでもいいと、工藤は思っていた。

ここを出て、警察へ行けばすむことだ――。

石黒は、立ち上がろうとしない工藤を、プールサイドまで引きずってきた。そして、腕と腰をつかんで、そのままプールに投げ込んだ。

水の冷たさに、思わず目が開く。いきなり、筋肉が収縮し、呼吸が詰まる。心臓が麻痺してもおかしくないショックが、全身を包んだ。まったく、無茶なことをする。

足がつかないところに放り出された工藤は、あわてて足をバタつかせ、プールサイドまで泳いで戻る。

サイドに手を掛け、プールから上がろうとした。が、工藤の前に立った石黒は、工藤の胸元を爪先で突き飛ばした。

再び、プールに落ちる。工藤は立って泳ぎながら、石黒を睨みつけた。

「何するんですか！」

「トレーニングを始めただけだ。今日は特別だ。服を着たまま泳げ」

「そんなことできません！」

「ノルマを果たすまで、プールから上げないぞ」

「あんたは……あんたは、僕を殺す気か！」

「溺れ死にたくなかったら、さっさと泳げ。言っとくがな。貴様のようなヤツの一人や二人死のうが、俺には関係ないんだよ」

石黒が冷たい笑みを浮かべる。

工藤は、石黒と反対方向のプールサイドに行こうと、振り返ってみた。が、いつのまにか、他のトレーナーたちもプールサイドを囲んでいた。

どこへたどり着いても、突き落とされるようになっているらしい。

ちくしょう……どうすればいいんだ！

行き場を失った工藤は、プールの中央付近で立ち泳ぎをしていた。

「おい、工藤！　そうしてる間にも、体力が消耗していくぞ。泳いだ方がいいんじゃないのか？」

石黒が、声を掛ける。高みから見下ろされているようで気分が悪い。けれど、石黒の言う通り、どっちみち泳がなければならないなら、無駄な体力は使わない方がいい。

「それとも、頼み込んで上がってくるか？　おまえがどうしてもと言うなら、引き上げてやってもいいぞ」

石黒が挑発する。工藤の中では、プールから上がりたい心と意地でも言いなりになりたくない心が葛藤していた。

「工藤。おまえ、会社の上司を殴って、辞めさせられたんだってな」

他のトレーナーが、背後から、バカにするような口調で言ってきた。

「てめえみてえな短気の根性なし。辞めさせられても当然だ。ここも辞めちまえ。なんなら俺を殴ってみるか。殴ってみろ」

「俺も殴れ。ほらほらほら！」

周りのトレーナーたちが、一斉にあおり出す。

「どうした、工藤。あきらめて上がってきたらどうだ？」

石黒が言う。

「……くそう！」

工藤は、石黒を睨みつけ、泳ぎ始めた。

水を吸ったスエットは、重い。背中や腕に布団を何枚も巻き付けられているようだ。それでも工藤は、クロールで泳いだ。

どうせ泳ぎ切るなら、一秒でも早く、泳ぎ終えたい。

しかし、クロールを選んだのは失敗だった。二往復もしないうちに、腕が上がらなくなってきた。

足の先も、水面から出せない。工藤は、泳いでいるというより、漂っているという状態に近いほど、ゆらゆらと水面を進んでいた。

「どうした、どうした！　シンクロでもやってんのか！」

石黒の笑う声が聞こえる。

泳いでやる。泳ぎ切ってやるよ！

工藤は心の中で叫んだ。ジムから連れ出された山岡の姿が脳裏に浮かぶ。すべての光景が、イチマツで能力開発室に放り込まれたときの状況とダブった。

山岡にはまだ、やる気があった。倒れたのは、無茶なトレーニングメニューのせいだ。少し体を休めれば、彼の体力は回復したに違いない。

それを、虫けらのようにつまみ上げ、放り出した。

佐久本や岡部が、工藤にしたことも、似たようなものだと感じる。

工藤や富井たちの人生など、まったく気にすることなく、自分たちの私利私欲のために追い込み、廃品のように棄て去った。

石黒たちがやっていることは、佐久本や岡部と変わらないように思えてきた。

くそう……。こんなヤツらには負けない。負けてたまるか。意地でも泳ぎ切ってやる。

意地でも！

意気込みだけは、大したものだった。が、連日、極限までトレーニングを受け、疲労しきった肉体は、気力だけではどうしようもなかった。

「ほらほら、沈んでるぞ！」

トレーナーたちが煽る。その声すら遠くなってくる。

腕を上げ水面から出そうとしても、水の重さに負け、飲み込まれてしまう。水を蹴っているはずの足が、時々、プールの底に触れる。顔も水面から出ない。

それでも、工藤は泳ぎ続けた。トレーナーたちの声が徐々に遠くなり、やがて聞こえなくなってきた。

かろうじて水面から出ていた鼻先が、ずぶずぶと沈んでいく。

泳ぎ切るんだ——。

視界まで、水に飲み込まれた。プールの底が、手が届くほどに近く感じた。

呼吸をしようと、息を継いだ。瞬間、気管に水が流れ込み、咽《む》せた。肺に残っていた空気が吐き出される。同時に、水が体の中へ飛び込んできた。

その時、耳の奥で琴線を弾いたような甲高い音がした。

体全体がグネグネと歪んだような感覚に見舞われ、意識が遠のいていく。

泳いでやる。泳げ！

工藤は、自分を叱咤した。が、それが自分の頭の中で聞いた最後の言葉だった。

気がつくと、工藤はベッドに寝ていた。白々とした視線の奥に、女性の影が見える。

「……母さん？」

ほっそりした顔立ちが、母に似ていた。

「工藤さん。起きて」

女性が、優しく声をかけてくる。工藤は、声に誘われるまま、瞳を開いた。

見知らぬ女性が微笑んでいた。いや、よく見ると知っているような気もするが……。

そこでふっと、記憶がつながる。以前、工藤のエアロバイクの前にある腹筋台で、猛烈なスピードの腹筋運動をしていた髪の長い女性だった。

「ここは……？」

「医務室よ」

「医務室？　どこの？」

「決まってるじゃない。トレーニングセンター内の医務室」

彼女は言った。

「医務室なんてあったんだ――」

「ここは、スタッフフロアの一角。あとで、フロアに戻るときにわかると思うけど」

「君は……スタッフだったのかい？」

「まさか。私もあなたと同じ、研修生よ。石黒さんに頼まれて、あなたの看病をしてるだけ。おかげで、いい休養になってるわ」

彼女は微笑みを崩さない。ちょっと長めの顔に、優しい笑顔を浮かべていた。が、肩幅は広く、筋肉で盛り上がっている。腹筋は、Tシャツの上から見ても一目でわかるほど引き締まっていた。

ほっそりとした朱里の体とは違い、迫力のあるボディをしていた。

「僕は、いったい……」

「プールで溺れたのよ」

「プールで？」

「そう。泳いでる途中に沈んで、そのまま。耳がやられたのね。耳の奥に水が入ると、一瞬、平衡感覚を失うのよ」

「泳ぎ切れなかったのか――」

工藤は、悔しそうな顔を見せた。それを見て、彼女が微笑んだ。

「あなた、見た目より勝ち気なのね」

「そんなに情けなく見えるかい？」

「情けなくはないけど、特別ジムへ来るような顔でもないわ。他の人たちを見たらわかると思うけど、みんなどこかギラギラしてるでしょ。でも、あなたにはそれがない」

彼女が言う。工藤は、おぼろげにしか思い出せないが、そういえば、追い出された山岡も、どこかギラついていたような気はする。

しかし、目の前にいる女性には、そういうニオイを感じない。

「僕は、工藤雅彦。君は？」

「ここでは、名前や年齢、性別なんて何の意味ももたないわ。知らない方が、お互いのためだと思うけど」

そう彼女は言った。

名前や年齢や性別が意味をもたない世界。しかも、知らないほうがいいとは……。

「ねえ、君。ここはいったい、どういうトレーニングセンターなんだ？」

「研修所よ。どうして？」

「おかしくないか？　山岡と呼ばれた彼は、ゴミのように捨てられたけど、誰だって、あんなハードな訓練メニューには、ついていけないよ。ただ体を鍛えるだけなら、もっと効果的な方法があるだろうし」

「あなた、何も聞かされてないの？」

「何も……って」

「だって、ここは――」

彼女が言いかけたとき、医務室の自動ドアが開いた。

石黒が入ってきた。彼女は、ベッドサイドの椅子から立ち上がり、石黒に一礼した。

「目が覚めたようだな。松井《まつい》、おまえはトレーニングに戻れ」

「はい」

石黒は、彼女を松井と呼んだ。松井は、もう一度石黒に頭を下げると、足早に医務室から出ていった。

松井が座っていた椅子に、石黒が腰を下ろす。じっと、工藤を見つめる。工藤も、石黒の両眼を睨み返した。

「どうだ、気分は？」

「いいわけないでしょ」

「ははは。まあ、そう怒るな。あれは、儀式みたいなもんだ」

「儀式？」

「トレーニングを始めて一週間経つと、誰でも必ず、指先すら動かないほどの疲労感に見舞われる。しかし、そこで休んではいけないんだ。一週間目を乗り切れば、そこからは次第に体が軽くなる」

「だからといって、プールに放り込むことはないでしょう」

「あれで、だいたいの潜在体力がわかる。普通の人間なら、君の状態で一往復もできない。泳ぐことすらできない。しかし、君は気力と潜在体力で三往復した。たいしたもんだよ」

「ふざけるな！　僕は死にかけたんだぞ！」

工藤は、怒鳴らずにはいられなかった。

しかし、疲れ切っているはずなのに、大きな声が出せる自分に気づき、少し驚きもした。

「さすが、会長自身が目を付けた素材だけはある。今日は一日、ここで休むといい。明日からはまた、ハードなトレーニングを始めるからな」

石黒はそう言って、立ち上がろうとした。

「待て！」

工藤が呼び止める。石黒は、そのまま腰を浮かし、立ち上がって、工藤を見下ろした。

「ここは、なんのためジムなんだ？」

訊くが、石黒は答えない。

「ここはいったい、何を鍛えるジムなんだ。教えろ！」

工藤が身を起こそうとする。石黒は、大きな手のひらで、工藤の肩を押さえて、寝かせた。

「それは、おまえが最後までトレーニングを終えたときにわかることだ。知りたければ、三カ月間のカリキュラムをこなすことだな」

「待て！　教えろ！」

工藤は叫んだ。が、背を向けた石黒は、そのまま医務室を出ていった。

4

翌日からまた、ハードなトレーニングが始まった。一度、思いきり体を休めたせいか、体は軽くなっていた。

見た目はひと回り小さくなったような気がする。が、無駄な肉が削《そ》ぎ落《お》とされてきた腕や腹には、筋が浮かんでいた。

「ほらほら、もっとスピードを上げろ！」

石黒が隣で怒鳴っていた。

工藤は、ダンベルを持たされていた。たいした重さではないが、脇を締めたまま、前腕だけでダンベルを持ち上げる運動も、数が多いとかなり堪える。

しかし、最初の頃より、スピードが上がっていることは感じた。一つ一つの筋の収縮が、体の奥にまで伝ってくる。

確かに、肉体が強くなっていることを、工藤は肌で感じていた。

「あと、二十！」

「うおおおおっ！」

工藤は、背筋を伸ばしたまま、歯を食いしばり、両腕で二百回の上下運動をやり終え、ダンベルを落とした。

手からダンベルを離した瞬間、腕が軽くなる。工藤は、石黒に言われる前に、プロテインパウダーを溶かしたドリンクを飲んだ。

喉から滑り込んだドリンクが、食道を通り、胃に落ちていく感覚がよくわかる。鍛えれば鍛えるほど、自分の体の声のようなものが聞こえるようになっていた。

いつの間にか、工藤がジムへ来て、一カ月が経っていた。

その間、見慣れた顔が一つ一つ消えていき、新しい顔が出たり入ったりした。が、人のことは気にしている余裕はなかった。

楽になったとはいえ、自分のことだけで精いっぱいな状況は変わらない。

ただ、松井だけは何となく気になり、気がついたら目で追っていた。

彼女は、女だてらにハードなメニューをこなしていき、脱落者が多い中、工藤とともに残っていた。

「あと、五〇メートル！」

石黒が声を張る。

工藤の耳に、石黒の声はしっかり届いていた。壁でターンをした工藤は、しっかりした足で水を蹴り、高い位置から振り下ろす腕で、水をかいて進んだ。

工藤の泳ぎは、決してきれいなフォームではない。が、盛り土を崩して突き進むブルドーザーのような力強さがあった。

最後の半路を終えた工藤は、水の中で一息ついて、プールサイドに上がった。

水に濡れた工藤の肉体は、一カ月前とは比較にならないほど、たくましくなっていた。

盛り上がる肩口。硬球を仕込んだように太くなった上腕。鎖骨の中心からきれいに割れた胸板。逆三角形に絞られた腹回りに浮かび上がる六つの腹筋。クッと上がった尻から伸びる鶏肉のような太腿。

石黒は、プールから上がった工藤に、バスタオルを渡した。

「どうも」

タオルを受け取って水滴を拭うたび、鍛えられた工藤の肉体の筋が蠢《うごめ》いた。

そこに、神城がやってきた。神城は、工藤を見て、言った。

「工藤君。今日はこれで終了だ」

「もう、終わりですか？　まだ、バイクとかやってないですよ」

「いいんだ。よくがんばったな。今日で基礎練習は終わり。明日からは、本格的実戦訓練に入る」

「実戦訓練？」

工藤は聞き返す。が、神城はその問いには答えない。

「トレーニング自体は今までより楽だ。しかし、訓練内容は、今までの比じゃない。おまえの精神力が試されることになる」

「神城さん。石黒さんでもいい。何をさせられるのか、教えてください。お願いします」

工藤が詰め寄る。

が、神城は何も答えず、工藤の前から去っていった。

石黒は、見せたことのない笑顔を、工藤に向けた。右手で工藤の左肩をグッと握る。

「工藤。今まで、いろんなヤツを見てきたが、おまえの素質は確かなようだ。ハートも強い。おまえなら一流になれる。それを信じて、ここから先へ進んでくれ」

「石黒さん――」

「訊くな。何も知らず、未知の世界へ飛び込み、置かれた状況で闘う。それも、おまえの精神を鍛える一つの糧《かて》になる。これからは、精神力の闘いだ。負けるなよ」

石黒の瞳には、優しさとも期待とも、また哀れみとも取れる色がにじんでいた。

工藤には、意味がわからない。が、それ以上、石黒に質問することはできなかった。

「森田。工藤を別室へ連れていってやってくれ」

石黒が、若いトレーナーの一人を呼んだ。

「工藤さん、こちらへ」

今まで呼び捨てだったトレーナーが、工藤のことを〝さん〟付けで呼ぶ。それがまた、工藤の疑問やかすかな不安を呼び起こす。

石黒の顔を見る。石黒は、深くうなずく。

ここへいるかぎり、前に進むしかないということか……。

石黒の瞳が、そう語っている。工藤は、石黒に深く頭を下げて、その場から立ち去った。

工藤が連れていかれたのは、医務室の隣の部屋だった。ちょっとしたリビングになっている。

壁に窓はないが、天窓から、太陽の光が射し込んでいた。久しぶりに見る陽の光は、赤いような黄色いような色をおびていた。太陽の色に違和感をもつことになるとは、一カ月前、思いもしなかった。

けれど、これからはもっと、思いも寄らないことが待っている――。

工藤はそう感じていた。

テレビやラジオ、雑誌といった外部からの情報が入るものは一切なかったが、ソファとベッド、それにテーブルはあった。テーブルには、白いクロスがかかっていて、皿が並べられている。

「くつろいでください。すぐ、食事の用意をしますので」

森田が言う。

テーブルを見ると、二人分のセットが用意されていた。

「僕一人じゃないのか？」

「もうお一方、いらっしゃいますんで」

森田はそう言うと、ていねいに頭を下げ、部屋を出ていった。

工藤は、とりあえずソファに座って、息をついた。

なんだか落ち着かない。いつもなら、まだハードなトレーニングを続けている時間帯。なじんだリズムを中断された肉体は、まだ動きたがっている。

体を休めた方がいいんだろうけど――。

そう思いながらも、工藤は、ソファに足を引っかけて、腕立て伏せを始めた。重くなったはずの上半身を、軽々と持ち上げる自分の腕の感触が、なんとなく心地いい。

うっすら汗をかいてきた頃、自動ドアが開いた。工藤は、腕を突っ張ったまま、顔だけ上げた。

「松井さん……」

工藤は、立ち上がった。

松井が、トレーナーの森田に連れられて、同じ部屋に入ってきた。松井は、工藤の顔を見て、かすかに笑みを浮かべ、そのまま工藤の前を横切り、ソファに座った。

森田は、同じように〝くつろいでください〟と言い残し、部屋を出た。

「久しぶりね、工藤さん」

「あ、いや……こちらこそ」

工藤は、戸惑っていた。まさか、松井と二人きりになるとは、思ってもいなかった。

「座ったら?」

「そうだね——」

工藤は、テーブルの椅子を引き寄せ、座った。松井を見下ろす格好になるが、隣に座るよりは、まだ普通に向き合える。

「ここへ来て、まだトレーニング?」

「なんか、体が落ち着かなくてね」

「トレーニング漬けだったもんね。でも、明日からのことを考えたら、少しでも休んでおいた方がいいわよ」

「明日からのこと? 君は、明日から何が始まるか、知ってるのかい?」

「さあ……。石黒さん、教えてくれなかったんでしょ。だったら、私も教えられない。知らない方がいいと思うし」

「君も……実戦訓練というやつに参加するんだね」

「もちろん。それが目的で、ここまでがんばってきたんだから。明日からが本番」

松井は、石黒と同じセリフを口にした。

「でも、正直言って、あなたがここまで残ってくるとは思わなかったわ」

「脱落すると思った？」

「ついていけないと思った。とても、体力がありそうには見えないし。でも、やっぱり、プロは見てるのね。私も、まだまだ甘いわ」

「プロ？」

「あなたをここへ入れた、小暮会長よ」

「小暮さんを知っているのか？」

「私も、あなたがここへ来る三日前に、小暮会長の紹介で入ってきたクチだから」

「僕の三日前――」

工藤は、びっくりした。

工藤が初めて彼女に気づいたときにはもう、筋肉という筋肉ができあがっていた。もう、何カ月もトレーニングをしていた女性に見えたのだが……。

「ここへ来る前、何か、スポーツやってたの？」

素朴な疑問を口にする。松井は、それを聞いて、フッと遠い目をした。

返事はない。しかし、工藤は聞き返せない。聞いてはいけないことだったのかもしれないな……と、感じた。

重い空気が、二人の間に漂う。そこに、タイミングよく、森田が食事を乗せたトレーを運んできた。トレーには、スープボウルや肉料理の皿が乗っていた。ワインクーラーもあり、赤ワインのボトルが氷の中に刺さっている。

松井は、ソファを立って、テーブルを回り込んだ。工藤と差し向かいの席に座る。ちょっとしたディナーだった。

森田は、食事を並べ、ワインをグラスに注いで、部屋から出ていった。

松井は、用意が整うと、グラスを持ち上げた。工藤もつられて、グラスを持ち上げる。

「乾杯しましょ」

「何に乾杯するんだ？」

「私たちの基礎カリキュラム突破と――」

松井はそこで、ふっと笑顔を引っ込めた。

「最後の晩餐《ばんさん》に」

工藤は、松井の言葉の意味がわからないまま、グラスを重ねていた。

久しぶりに飲んだワインが効いたのか、食事を終えてすぐ、工藤はソファに寝そべった。満足のいく食事を摂り、うまい酒を飲む。たったそれだけのことなのに、工藤はうれしかった。

充足感。忘れかけていた言葉が、うとうとしている工藤の心に浮かんでいた。

「工藤さん。寝るなら、ベッドで」

「いや。ベッドは一つしかないだろ。君が、ベッドを使えばいい」

「あのベッド、ダブルよ」

「いいから、君が使って」

「わかってないわね」

松井は、工藤の前まで歩いてきた。そして、いきなり腕をつかんだ。ソファから引き起こし、ベッドまで引きずっていく。

そして、工藤の体を、ベッドに放り投げた。

いきなり、松井がのしかかってくる。松井は、工藤の股間にまたがり、両肩を押さえつけた。

「な、何を――」

工藤は、あせった。

「男と女が一つ屋根の下にいて、ダブルベッドしかない状況なのよ。することは決まってるでしょ」

「ちょっと待て！」

工藤は、松井の両肩をつかみ、腕を突っ張った。松井の上体が起きあがる。

松井は、顔にかぶった長い髪を左手で掻き上げた。

「どうして、ダメなの？」

「君と僕は、恋人じゃない」

工藤は、じっと松井の目を見据え、言う。

松井も工藤を見返した。

「ふふっ……あははははっ！」

少しして、松井が笑いだした。

「おかしいか？」

「あなた、本当に真面目なのね」

そう言って、松井は工藤の首にしがみついた。工藤が、もう一度押し離そうとする。

「このままにさせて」

「けれど……」

「何もしなくていいから。今日は、このまま眠らせて欲しい」

「松井さん……」

工藤は、動けなかった。抱きしめるわけにもいかず、ただじっと固まるだけ。

「あなたみたいな人、久しぶりだわ。パワーを持っているのに、ギラギラしていない。私が好きだった、あの人みたい……」

「好きだった、あの人？」

「私ね。昔、ボディビルをやってたの」

「どうりで、体ができてるはずだ」

工藤は、一人うなずいていた。

「彼もね。ボディビルをやってた人。世界を狙える人だったわ。でもね。その道は閉ざされたの」

「閉ざされた？」

聞き返すと、松井が顔を上げた。工藤を挑発するような瞳の輝きは消え、医務室で目を覚ました工藤を迎えたときの優しい瞳に戻っていた。

「ドーピングにひっかかったのよ。十年前も今と同様、ボディビルの大会でもステロイド系の筋肉増強剤に関してのチェックは厳しくてね」

「その彼は、使ってたのか？」

「スポーツ選手でドラッグを使っていない人はまずいないわ。プログラムに組み込んで、適量を使って、大会当日には検出できないレベルに戻す方法をとっているの。でも彼はドラッグは一切使わなかった。毎日のハードなトレーニングと食事とプロテインだけで見事な肉体を作り上げたの。協会側は、他のジムの人間を優勝させたくて、彼のドリンクに薬物を仕込んでたの。トレーナーもグルでね」

松井は、遠い目をした。

「大会当日のドリンクに、ステロイド系の薬物を混ぜてたの。当然、試合後の検査で薬物使用が発覚。彼はタイトルを剝奪され、協会からも永久追放されたのよ」

「ひどい話だな……」

自分のイチマツ時代の話とダブる。どこでも、私利私欲が絡むと、ひどいことも平気で行なわれる。工藤の中に、煮え繰り返るような怒りが湧いてくる。

「彼は、猛抗議したわ。それでも、協会はまったく聞く耳を持たなかったの。でも、彼はいつか復帰できることを願って、トレーニングを続けてた。その一方で、協会と優勝した男が所属しているジムとの関係を探ってたの。けど、ある日、彼はトレーニング中に自殺した」

「自殺……？」

「そう、表向きはね。ステロイド剤の使いすぎで、鬱《うつ》状態となり、突発的に自殺したとの見解が出されたの。でもね、彼は自殺じゃない。協会の人間に殺されたのよ」

「殺されただって！」

工藤は身を起こして、松井を見た。松井は、遠い日をじっと見ていた。

「それなら、警察に――」

「行ったけど、相手にもされなかったわ。彼が残した調査記録も、途中で終わってた。証拠はないの。彼の死は、思い悩んだ結果、バーベル台のアームに紐を巻いて、首を吊って、自殺したということで処理された」

「そんなことで死ねるのか？」

「非《ひ》定型《ていけい》縊死《いし》と言ってね。私もあとで知ったんだけど、お尻が五センチ浮くぐらいの高さがあれば、首吊り自殺ができるんだって。でも、そのくらいのこと、彼の仲間なら、誰だってできる。持ち上げた形跡を残さないで、首を引っかけさせることぐらい」

「いったい協会が彼を殺した目的は何なのだろう？」

「協会はある製薬会社から多額の献金を受けて、大いに潤っていたのよ。だから、薬物を一切使わない彼の存在が、目の上のタンコブだった。優勝した他のジムの選手は、その製薬会社が全面的にバックアップしていた人だったの」

「だったら、彼がステロイド剤の使い過ぎで自殺したと発表したら、製薬会社が不利になるじゃないか」

「ちょうど薬物追放が叫ばれていた頃でね。その製薬会社が世論の標的になりかけていた。それで世間の目をそらすために、彼に旧共産圏の国々が使用していたステロイド剤を投与したわけよ。この事件以来、薬物の使用は表面的には姿を消した。けれど内実は、薬物はますますスポーツ界に浸透しているわ。協会と製薬会社は彼を殺して、一石二鳥を狙ったわけね。そして、彼というのは、私の兄……」

松井は、下唇をぎゅっと嚙みしめた。涙を堪えているのか、小さく震えている。

何と声をかけていいのか、わからない。工藤は、松井を抱き寄せた。松井は、工藤の首にしがみついて、胸板に顔を預けていた。

泣いているのか、いないのか。ただ、悲しみを押し殺しているように、松井の肩は震えていた。

「優しい兄だった。真面目に生きることしか、取り柄のないような兄だった。その兄を死に追いやった連中が許せない。私は、兄が調べきれなかった協会内の事情を調べ上げたわ。そして、兄がやっぱり、殺されていたことを知ったわ」

「だったら、警察に言えば――」

工藤の言葉に、松井は首を振った。宙を睨む。

「兄さんの敵《かたき》は、この手で取る。そのためにここへ来たの」

そう言うと、工藤から身を離して、ベッドから降りた。

敵を取るために、ここへ来た……?

いったい、どういうところなんだ。恨みを持った人間が、自らすすんで訪れるトレーニングセンターというのは――。

「工藤さんは、ベッドで寝て。私、ベッドみたいな柔らかいところじゃ、眠れないから」

松井は、背中を向けたまま言うと、ソファに仰向けになり、瞳を閉じた。

石黒の言葉といい、松井の言葉といい、わけのわからないことばかり。だが、すべては明日になればわかる。

明日から始まる〝何か〟が、すべての答えだ。

それを待つしかない工藤は、複雑な思いを抱えたまま、目をつむった。

5

翌日、工藤と松井を迎えに来たのは、神城と見たこともないトレーナーだった。

部屋に放置されたテーブルにはブランチの用意がされている。

目の前には武骨な顔をした男がいた。石黒も武骨だったが、その男を前にすると、石黒も優しく見えるほどだった。

「彼は、三峯《みつみね》だ。これからは、三峯の指示に従ってもらう。今日かぎり、君たちと会うことはないと思うが、がんばってくれ」

神城は、三峯を残すと、一人だけ部屋を出た。

工藤は改めて、三峯を見た。三峯は、どこか澱《よど》んだニオイを漂わせていた。神城や石黒とは圧倒的に違うのは、瞳の色だった。

獲物を嗅ぎつけたハイエナのような眼をしている。

「よろしく」

三峯は、言葉少なに一枚の誓約書を出した。

《今後、すべては自己責任において、行なった行動であり、小暮スポーツ及び関係者に、一切の責任はありません》

短い文面には、そう書かれていて、署名・捺印《なついん》する欄がある。

「三峯さん。どういう意味ですか、これは」

「読んだ通りだ」

牛ガエルを踏みつぶしたような声で、三峯が答える。

「同意できないなら、たった今、この場から立ち去れ」

三峯は、言った。

松井は、差し出された誓約書にサインを始めた。何の抵抗もない。というより、初めからわかっていたような感じだった。

サインをし終えた松井は、ブランチで出されたフォークを取ると、左親指の腹を刺した。

「松井さん！」

工藤がびっくりして、声を上げる。

しかし、松井は気にする様子もなく、署名の横に血判を捺《お》した。

「工藤、どうするんだ？」

三峯が急《せ》かす。

工藤は誓約書を見据え、迷った。

どう考えてもおかしい。書面といい、松井の行動といい。自分を待っているのは、想像もつかない世界に思えた。

「中途半端な気持ちで来るなら、やめた方がいい。これは、忠告だ」

三峯が、静かに言った。わざと脅《おど》すような口調でもないあたりに、工藤はますます迷わされた。

しかし、自分には引き返す場所がないことを、工藤自身よく知っている。工藤の手が、テーブルに置かれたボールペンに伸びる。指先は、震えている。けれど、工藤は意を決してボールペンをつかんだ。

先に進むしかない——。

工藤は、自分の名前を署名欄に書き込み、フォークを取った。松井と同じように、親指の腹を刺す。かなり痛い。平気な顔をして血を流した松井に、ますます驚かされる。

工藤は、血判を捺した誓約書を、三峯に差し出した。三峯は、口もとを歪めて、誓約書を受け取ると、

「ついてこい」

と言い、部屋の外へ出た。

松井が続く。工藤もその後に続いた。

三峯は、通路に出ると、トレーニングルームへ戻るドアを通り越し、そのまま廊下を突き進んだ。

階段があった。薄暗い石造りの階段。足下を照らすのは、壁に灯《とも》されているランプだけだった。

階段は、螺旋状《らせんじょう》になっていた。工藤には、それが地獄へ堕ちていく階段に見えた。

三人の足音だけが響く。螺旋を三回転したところに、ドアが現われた。鉄枠で囲まれたドアは、中世の城の扉にも見える。

「ようこそ。選ばれし者の部屋へ」

三峯は芝居めかした口調で言って、ニヤリと笑った。

ドアを開けると人の声が聞こえてきた。気合いを入れる声。怒鳴り声。悲鳴――。肉を打つ音や金属がこすれ合う音。かすかに何かが爆発するような音も聞こえる。

工藤は三峯と松井のあとについて、おそるおそるドアを潜った。とたん、ドアは閉じられ、屈強な男二人が、ドアをガードするように立ちふさがった。

「おまえたちは、もう出られない。ここを出るには、カリキュラムをこなし切るか、ゴミになるかだ」

三峯はそう言って、奥へ歩いていく。

生臭い。工藤は何の臭いか気になった。汗の臭いもある。人の息の臭いもする。しかし、それだけではない。

なんとなく不快で、なんとなく胸を高ぶらせる不思議な臭い……。

その時、足下が滑った。工藤は、とっさに踏ん張り、足下を見た。黒赤い固まりだった。靴の先でこすってみる。シューズの白い部分が、赤く染まった。

血……？

工藤は、自分の左親指を鼻先に近づけてみた。フォークで刺した傷跡を嗅いでみる。不快だが高ぶるこの臭い――。

工藤の表情が、とたんに強ばった。

何が始まるんだ……何が！

部屋は数室あった。まっすぐな廊下が延び、その両脇に枝葉のような通路がある。

三峯は、右手前の通路を曲がった。通路奥のドアの前で立ち止まり、振り返る。

「ここからは、各部屋の専門トレーナーの指示に従ってもらう。カリキュラムが修了するごとに、私が次の専門部屋に案内する。個人差は認められない。規定値をクリアし、スケジュール通り、カリキュラムをこなしてもらい、総合修了試験に臨んでもらう。このフロアには、専門トレーナーと今回の終了研修を受けるために送り込まれた研修生しかいない。最終試験が終了するまでは、次の研修生を入れない。人数は、減っていくだけだ。だからといって、勝手なマネはするな。出入口は、一カ所だけだ。逃げ出そうとする者は、容赦なく処分する。わかったな」

三峯は一方的に言うと、ドアを開けた。

とたんに、中から怒声や悲鳴、肉を打つ音が先ほどより大音量で聞こえてきた。

工藤は怯《ひる》んだ。しかし、松井は一向に驚く様子を見せず、スッと中へ入った。三峯が、ドアを開けたまま手招く。

工藤も入るしかなかった。そして、目の前の光景を見て、瞳を見開いた。

部屋の中では、性別に関係なく、ペアを組んで殴り合っていた。

工藤たちが入るとすぐ、ドアが閉められ、外から鍵が掛けられた。

部屋の端で腕組みをして、殴り合う人間たちを眺めていた短髪男が、工藤と松井に近づいてくる。背は、工藤とあまり変わらないが、人を射抜くような眼力を持った男だった。

男は、二人の前で立ち止まって、腕組みを解いた。

「ようこそ、私の部屋へ。私は、ここのチーフトレーナー・富士だ。ここでは、総合的な打撃を訓練する。人間の肉体は、打たれれば打たれるほど強くなる。そして、肉体の打撃は、闘いの基本でもある。一週間、朝から晩まで殴り合う。ルールはない」

「ルールはない、とは……？」

工藤は、聞き返した。

「相手を倒すまで、殴ればいい。また、倒されたくなければ、我が身で防禦《ぼうぎょ》を覚えることだ。全治一カ月以上のケガを負ったものは、その時点でカリキュラムから脱落することになる。脱落したくなければ、相手を殺すつもりで殴り、蹴ることだ」

富士は、当たり前のように言う。工藤は、わけがわからないまま、恐ろしさだけに心を奪われていた。

「富士さん。ちょっと、待ってください。これはいったい、何の訓練なんですか？」

工藤は、訊かずにはいられなかった。

「打撃の訓練だと言っただろ」

「だから、なぜスポーツジムの人間が、打撃の練習をしなければならないんですか？　しかも、殺すつもりでなんて」

工藤の言葉に、富士は一瞬、狐につままれたような顔を見せた。

「おまえ、何しにここへ来た？」

「何しにって……。インストラクターになるための体づくりに来ただけですが」

「おまえが工藤か」

「そうです」

富士は、工藤と聞いたとたん、納得がいったようにうなずいた。そして、まっすぐ工藤を睨み据えた。

「おまえは、何も聞かされずにここへ来たらしいな。だったら今、この場で教えてやる。小暮スポーツ横浜特別研修所はな」

富士は、言葉をためて、言った。

「殺し屋の養成所だ」

「殺し屋……！」

「特別トレーニングセンター出身のインストラクターは、みな殺し屋と呼ばれる」

「インストラクターが殺し屋だって！　じゃあ、朱里さんも殺し屋……」

「彼女を知っているのか。彼女は、ここの卒業生の中でも、素晴らしい成績で卒業したインストラクターの一人だ。おまえの手本になるだろうよ」

「殺し屋だなんて……」

小暮の言った〝肉体労働〟の意味を知り、工藤は愕然《がくぜん》としていた。

「おまえは、幸せ者だ。小暮会長は、かつては伝説の殺し屋とも呼ばれたお方だ。近い将来、数ある殺し屋組織を束ね、その頂点に君臨する。我々は、その直系になるのだ。ありがたく思え」

富士が言う。けれど、何を言われているのか理解できない。いや、認めたくなかった。

「ここから生きて出たければ、修了試験まで相手を倒し続けるか、一カ月以上の重傷を負うか、どちらかしかない。しかしな、言っておくが、手足の一本や二本折れたところで重傷とは見なさない。おまえが敗者となって出ていくときは、死ぬときだと思っておけ」

「殺し屋……僕が、殺し屋……」

こんなことなら、自分から警察へ出頭しておけばよかった。

高校生たちを殺したかもしれない。しかし、それは無意識のうちにやったこと。だが、

ここを出れば、はっきりとした意識を持って、人を殺さなければならない。

なんというところに、来てしまったんだ……。

後悔したが、もうどうにもならない。

「さっそく、新入り二人で殴り合え。午後五時が終了時間だ」

富士が言う。

「そんなこと、できるはずが――」

工藤は、拒否しようとした。が、戸惑っている暇もなく、松井の右フックが飛んできた。

不意打ちを食らって、工藤は弾き飛ばされ、フロアに倒れた。ボディビルで鍛えた筋肉

から繰り出されるパンチは、女とは思えないほど強力だった。

「待て、松井さん！　待ってくれ！」

工藤が、立ち上がろうとする。そこに、トゥキックが飛んできた。工藤は、かろうじて

仰け反り、顎先で松井の蹴りをかわした。

「松井さん！」

工藤は、松井を見据えて怒鳴った。が、松井の顔に、昨日までの優しさはない。牙《きば》を剝《む》いて、獲物に襲いかかる豹《ひょう》のように、血走っていた。

「工藤。ボサッとしてると、殺されるぞ。死にたくなかったら、闘え」

富士は、おかしそうに笑みを浮かべると、そのまま工藤たちに背を向けた。

「松井さん、やめろ！　松井さん！」

工藤の叫びは届かない。工藤にできることは、頭を抱えて、地べたにうずくまることだけだった。

殺し屋なんか、冗談じゃない！

工藤は、松井に殴られ続けながら、とんでもない場所に飛び込んでしまったことを、改めて実感していた。

第三章　死のカリキュラム

1

打撃部屋に放り込まれて、七日目。この部屋最後の打撃練習が始まっていた。

工藤の相手は、身長が二メートルに近い男だった。工藤とは、高さやリーチが三〇センチ以上違う。

しかし、工藤は怯《ひる》むことなく仁王立《におうだ》ちし、下から男を睨《にら》みあげていた。

「よう、カメ。おまえ、死にてえんだってな?」

〝ビッグ〟と呼ばれていたその男は、ニヤニヤしながら工藤を見下ろしていた。

工藤は、何も答えなかった。

松井以外、研修生の名前は、誰一人知らない。

「年齢や性別は、何の意味も持たない」と言った松井の言葉は、よく理解できた。しかし、呼び名がないというのもやりにくい。

だから、勝手にあだ名を付け、呼び合っていた。今、工藤が対峙《たいじ》している男も、背が高いだけで〝ビッグ〟なんていうありきたりのあだ名で呼ばれていた。だが、この部屋では、それで充分だった。

工藤は〝カメ〟と呼ばれていた。

打撃部屋へ来た工藤は、一度も闘わなかった。ひたすら腕をクロスして、身を縮め、朝から晩まで殴られ続けた。

その姿が、甲羅《こうら》に首を引っ込めたカメのように見えるらしい。工藤にとっては、どう呼ばれようが関係ないが――。

最近では、ステップワークで避けることも覚え、少しは殴られる回数も減った。それでも、全身には黒ずんだ内出血が無数にできていた。

打撃練習といっても、相手を殴るかどうかは、本人次第。工藤は、何の関係もない相手と殴り合うのはイヤだった。といって、何もせず殴り殺されるのも、納得いかない。

そんな工藤が選んだ方法が、ひたすら防禦《ぼうぎょ》――という手段だった。

「カメよぉ。言っとくがな。オレは、他の連中みたいに甘くはねえぜ。オレの蹴りは、本場のムエタイ仕込みだ。ガードの上からでも、効くぜ」

ビッグは言うなり、膝を持ち上げた。

工藤は、腕をクロスさせて脇を締め、身を屈めた。が、視線だけは、ビッグの目の動きに集中させていた。

「そのぐらいのガードで、避けられると思ってんのか？」

ビッグは、膝を持ち上げたまま、右の回し蹴りを放ってきた。

ビシッと肉皮がはじけるような鋭い音がする。ビッグの足の甲が、工藤の左二の腕をとらえていた。

しかし、工藤はビクともしなかった。ビッグの足を受け止めて、岩のように動かない。

「ほう……カメだけのことはあるな。だが、次の蹴りは、そうはいかないぜ」

ビッグは、もう一度、左二の腕に右回し蹴りを放ってきた。

が、今度は、脛《すね》で蹴ってきた。

「ぐっ……！」

工藤の体が、わずかに揺れた。

脛は甲より硬い。しかも、骨が直接当たる場所でもある。筋肉にめり込んできた脛は、工藤の腕をしびれさせた。

「ほら、どうしたよ、カメ」

ビッグは、左右の蹴りを左右の二の腕めがけて、飛ばしてきた。

ムエタイをやっていたというのは、ウソではないらしい。的確に、同じ場所を続けて蹴ってくる。

いくら鍛えているとはいえ、寸分の狂いもなく、同じ箇所を打たれ続けては、もたない。

くそう……どうする。

工藤は、右回し蹴りが飛んできた瞬間、ダッキングした。頭の上を右足が通り越した。

と思ったら、そのまま右足の踵《かかと》が、丸めた背中に落ちてきた。

「ふぐぅ！」

工藤は息を詰めて、目を剝いた。膝が崩れる。

「オネムは早いぜ！」

ビッグは、両膝をついて前屈みになった工藤の後頭部をつかみ、引き寄せると同時に、左膝頭を叩き込んできた。

工藤は、両手の拳を握り、顔の前でクロスさせている前腕に力を込めた。が、膝は強烈だった。骨の軋みが聞こえてきた。

工藤は、弾かれるままフロアに転がった。背を丸めたままにしていたせいか、体が後転する。工藤の体は、後ろで殴り合っている研修生の足にぶつかり、止まった。

ビッグは、攻めてこなかった。ニヤついて見下ろしながら、ステップを弾ませ、工藤が立ち上がるのを待っている。

「ヘイヘイ！　どうしたよ、カメ。もう、腕がきかねえんじゃねえの？」

余裕の発言をかます。が、実際、腕はしびれていて、拳を握っても、いつものように力が入らなかった。

まだ、攻撃には堪えられるが、このままガードだけしていては、間違いなくやられる。

今まで、対峙した連中とは、技のキレもパワーも違っていた。

足で逃げるしかないな──。

工藤は、起きあがって、ステップを切り始めた。縄跳びや反復横飛びで鍛えたリズムで、弾み始める。しかし、ビッグは、余裕の笑みを浮かべていた。

ビッグが、ススッと近づいてきて、左のハイキックを飛ばしてきた。工藤は、身を沈めながら、左足の下をかいくぐり、ビッグの左脇へ回り込もうと、右にステップを切った。

瞬間だった。頭を狙っていたはずのビッグの足が、膝下からムチのようにしなり、工藤の右腿を打ち下ろした。

「はぐっ！」

工藤はたまらず、右膝をついた。足が折れたかと思うほどの衝撃が走った。

「ガードがダメなら、足を使おうってのか？　トロいボクサーみてえなこと、やってんじゃねえよ」

ビッグが、右回し蹴りをこめかみに放ってくる。左前腕を起こし、かろうじてビッグの蹴りを受け止める。が、右足の踏ん張りがきかない工藤は、横転した。

工藤は、そのまま転がり続け、壁際まで逃げた。

ビッグが、他の研修生をかき分け、ゆっくりと近づいてくる。

何かが起こりそうな予感に、研修生やトレーナーの視線が、工藤とビッグの闘いに注がれていた。

工藤は、激しく肩で息をついていた。迫ってくるビッグを見ながら、対処法を考える。

後退はできない。左右に動いたにしても、ビッグのローキックが行く手をふさぐ。今度は、膝を狙ってくるだろう。前に突っ込むという手もあるが、ビッグの膝蹴りをまともに食らえば、その瞬間、すべてが終わる。

どうすれば……。

攻め手が見つからないまま、ビッグの影は迫ってきた。

息が荒くなってきた。こめかみから、冷たい汗がタラタラと流れ落ちる。

恐怖心が、心の奥底から湧いてくる。

ケンカの一つや二つ、したことはある。仕方なく、人を殺してしまっているかもしれない。しかし、意識した殺し合いなどしたことはない。

死の危険を感じ始めた工藤の動悸《どうき》は、耳について離れないほど、大きく鳴り響いていた。

どうする……どうする……。

膝が震えだした。その震えは、全身に及ぶ。

カタカタと小さく震えている工藤を見て、ビッグは勝ち誇ったように目を剥いて笑った。

「おい、みんな、見てみろよ！ 今にもションベン、ちびりそうだぜ！」

ビッグは指を差して笑った。工藤の前で立ち止まり、ゲラゲラと笑う。他の研修生からも、失笑が聞こえてくる。

その中で、松井だけが笑ってなかった。責めるような視線を、工藤に向けてくる。

松井さん……。

工藤は、松井が何を責めているのか、わかっていた。防禦するだけで攻めもせず、ただ怯えて、やられるのを待っているだけ。立ち向かう姿勢を見せない工藤に、腹を立てているのだろう。

そんな自分は情けない。しかし、どう闘うのだ。相手を殺してでも自分の身を守れというのか。

一瞬、新宿での出来事がよみがえる。

高校生に脳天を踏みつけられようとした瞬間、僕はどうした？

あきらめた。そうだ、あきらめた。朦朧《もうろう》とした意識の中で、死ぬことを覚悟した。

今も、同じ状況なのか。いや、違う。まだ、あきらめるほどやられてはいない——。

「カメさんよお。そんなにオレが怖えか。まあ、仕方ねえよな。オレの技はピカイチだからよ。かわいそうだから、一発で沈めてやるよ。ゆっくり、あの世で眠ってな」

ビッグは言うなり、右足を振り上げた。

踵を脳天に落としてくる気だ。数ある蹴り技の中から、わざわざ大技を選んで繰り出した。

瞬間、工藤の体が動いていた。迫り来る極度の恐怖が、工藤の肉体を揺り動かしていた。

工藤は、頭からビッグの股間めがけて、突っ込んでいた。ステップのスピードは、今までと比べものにならないくらい鋭かった。

抵抗してくると思っていなかったのか、ビッグの動作が一瞬遅れた。

頭頂が、ビッグの股間にめり込んだ。ビッグは短い呻きを発し、内股をすぼめた。体が沈む。身長差がなくなった。

目の前にビッグの顔があった。工藤は何も考えず、握った右拳をまっすぐ顔面に叩き込んだ。

拳が、ビッグの鼻先と前歯にめり込んだ。弾き飛ばされたビッグの巨体が、仰向けに倒れた。鼻と口から、おびただしい鮮血を垂れ流す。

「工藤さん、とどめ！」

松井の声が聞こえた。

とっさに、肉体が反応していた。工藤は、ビッグの真横に左膝をつくと同時に、右拳を振り下ろした。

ビッグの左頬骨が砕け、顔が陥没した。口から血を吐き出した。鮮血が、工藤の顔に降りかかる。

そこで、工藤は正気に戻った。拳を持ち上げる。ねちゃっとした血が、糸を引いて、拳の先から垂れ落ちた。

工藤は、その場に座り込んだ。顔面を真っ赤に染め、ピクピクと痙攣《けいれん》しているビッグが目に映る。自分の拳を握る。血と肉の感触が、指先に伝わる。工藤は拳を握ったまま、目を見開いて震えだした。

「殺した……僕が、殺した……殺した……」

震えが止まらない。

「殺した。殺してしまったんだ、僕が、僕が、僕があああっ！」

工藤は、自分の拳を床に叩きつけ始めた。

「工藤さん！」

松井が駆け寄ってきた。しかし、富士が松井を制止した。

「おい。ゴミを運び出せ」

他のトレーナーに命令する。若いトレーナーが二人、ビッグのもとに寄ってきて、脇下と足を抱えた。

ぐったりとしたビッグを、粗大ゴミのように運んでいく。いったん、開いたドアは、すぐに閉まった。

ビッグのいなくなった部屋は、沈黙に包まれていた。

殺し屋の養成所とはいえ、実際、自分たちが殺されるとは、誰一人思っていなかったようだ。それを目の前で見せられた研修生たちは、身に迫る恐怖を覚え、顔を青ざめさせていた。

富士は、工藤の肩に手を置いた。誰もが、工藤に慰めの言葉をかけるのだろうと思っていた。が……。

「諸君。今の闘い方を見たか。見事としか言いようがない。工藤は、この六日間、君たちに殴られ続けた。それは、ビッグを油断させるためだ。そして、ビッグとの闘いも最初はやられっぱなしだった。いや、そう見せたのだ。だから、ビッグは踵落としという大技で、工藤を倒そうとした。その瞬間、工藤は的確に急所に頭突きを入れ、たった二発のパンチで相手の息の根を止めた。これはすべて、工藤の作戦だったんだ」

「作戦……？」

「工藤。実に見事だったよ。この私まで、騙《だま》したんだからな」

「作戦ってなんだよ……。僕が、最初からビッグを殺すつもりだったというのか！　ふざけるな！」

工藤は、富士の胸ぐらをつかんだ。が、逆に富士も工藤のスエットの襟首をつかんだ。

「あ、ううう……」

工藤が目を剝いた。息が詰まる。苦しい。それでも、工藤は富士の胸ぐらを離さない。が、三十秒もしないうちに、工藤の意識がふっととぎれた。突然、視界が白くなり、工藤の体から力が抜け落ちる。

工藤は白目を剝いて、そのまま床に倒れた。まったく無防備な状態で脱力している。

松井が、工藤を抱き上げる。そして、キッと富士を睨んだ。

「何したの！」

「落としただけだ。一、二分放っておけば、すぐ目を覚ます。目を覚まさなければ、死ぬだけだ」

富士は、自然な口調で語り、立ち上がると、全員をぐるりと見渡した。

「本日、ただいまの時間をもって、ここに残っている十二名、本教室の課程を修了したことを認める。このあとのことは、三峯総合トレーナーに従うよう。以上！」

富士は言うと、他のトレーナーを連れて、部屋を出た。

研修生たちは、いっぺんに緊張が解けたようで、がっくりとその場にへたり込んだ。

その中で、松井は工藤の体をずっと抱いていた。

2

次の部屋のチーフトレーナーは、山岸《やまぎし》という女性だった。

松井のように、筋骨隆々というタイプではない。鮮やかな黄色のスエットと白い長袖Tシャツを着た姿は、体育大学の女子学生くらいにしか見えない。

けれど、一見、丸くて愛らしく見える瞳の奥には、得体の知れない狂気が見え隠れしていた。

意識が戻った工藤は、松井に手を引かれるまま山岸の部屋へ来ていた。

「ここでは、ナイフを中心とした武器の使い方を練習します。二週間の訓練の間、人形を使って練習しますが、最後はあなたたち自身に、闘ってもらいます。殺られたくなければ、真剣に取り組むように」

山岸は、顔に似合わない言葉をズバズバと口にしていた。

しかし、工藤はよく聞いていなかった。というか、言葉が耳に入ってこない。

ビッグの頬骨にめり込んだときの感触が、まだ拳に残っている。忌まわしい感触。それでいて、心地よい昂ぶりを覚えるあの感じ。

なぜ僕は、昂ぶりを感じてるんだ。心地よさなんか覚えるんだ——。

そういえば、人事部長の佐久本を殴っていたときもそうだった。怒り昂ぶる感情の他に、別の昂ぶりも感じていた。悪いヤツを成敗する正義のヒーローのような快感。

工藤はうつむき、自分の拳を握って、震えだした。

もし、亜香里が止めに入らなかったら、僕は佐久本部長を殺していたかもしれない。

高校生たちを殺した記憶はない。しかし小暮が言うように、自分がこの腕で殺したんじゃないのか。

何が眠ってるんだ、僕の中に。何が……。

震える工藤の前に、山岸が腰を振りながら、ゆっくり歩み出る。

「どうしたんですか、工藤さん」

「……いえ」

「早くもお一人、殺したそうですね。優秀ですよ、あなた」

「優秀だと！」

工藤は、とっさに右フックを放った。

山岸は、肩まである髪の端を揺らして、仰け反った。

「カッカしないの。殺し屋には、冷静さも大事よ」

「僕は、殺し屋なんかに――くっ！」

拳を握ろうとしたが、力が入らない。

代わりに右腕の内側面に、チリッとした痛みを覚えた。腕を見る。いつのまにか、真横に伸びる直線的な切り傷ができ、血が滴っていた。

「あまり力は入れない方がいいわよ。筋が切れちゃうかもしれないから」

山岸は言って、自分の右手を揺らす。彼女の手には、小さなナイフが握られていた。

「はい、みなさん。わかりましたか？　素手でいくら強くても、モノにはかないません。

素手を使うのは、最後の手段です。それまでは、モノで対処しましょう。では、今日はスチレットナイフの使い方を勉強します」

山岸は、チラッと工藤の方を見て、小さなナイフを袖口にしまった。

「はい、みなさん。これを見てください。細長くて小さいこの折り畳み式のポケットナイフ。これが、スチレットナイフよ。これは、刺す、切る、突く、なんでもアリの万能ナイフで——」

山岸は、細長い果物ナイフのようなものをチラつかせながら、説明を始めた。しかし、山岸の説明など、工藤の耳には届いていない。

ちくしょう……おまえらみたいなヤツこそ、いつか殺してやる。

工藤は、右腕を押さえながら、山岸を睨み返した。

武器の種類は、多種にわたった。サバイバルナイフから、実戦向きのスチレットナイフ、袖やペンに仕込んだ隠しナイフ、果ては、物干し竿みたいな棍棒《こんぼう》や、靴下のような布に砂を入れて、振り回せるようにした即席のブラックジャックまで——。

人を殺せる道具はなんでも使って、急所を一撃する練習を行なった。

「じゃあ、次はこれね」

チェーンの講習を終えたあとに、山岸が出したのは、普通の家の鍵だった。

「これの使い方、わかる人？」

山岸が言うと、〝シック〟と呼ばれている男が、ふらりと一歩前に出た。

シックというのは、顔色の悪さから来ている。体つきなどは工藤と変わらないのに、なぜか頬がこけ、顔がいつも蒼い。どんよりとした眼《まなこ》が、さらに病的な色を感じさせる。

シックは、何も言わず、山岸から鍵を受け取ると、人差し指と中指の間に挟み、拳を握った。指の間からは、鍵の先端がにょきっと出ている。

シックは、人形の前に立った。鍵を握った拳で、人形の眉間を殴りつける。

硬質プラスチックの眉間に、深い穴が開いた。破片がぱらぱらと人形の足下に落ちる。

シックはさらに、鍵を手のひらに乗せ、握り変えた。拳を握ると、小指側から鍵の先端が突き出た。シックは、拳の甲を裏に向けたまま、右腕を振り、鍵の先端で人形のこめかみを叩きつけた。

横から鍵の先端で殴りつけられた人形の左頭部が、激しい音とともに吹っ飛んだ。

工藤は、それを見て、ゾクッとした。

眉間やこめかみ、どこを狙うにしても、生身の人間なら、一撃で死に至るだろう。

なんでも武器になるということか。しかも、人を殺すための武器に……。

また、体の中で、ゾクリと悪寒が走った。が、そのあとから熱く昂ぶる血潮が逆流してくる。工藤は、拳を握った。昂ぶりを押し込めようとして震える。

工藤は、自分の中で、暴力の快感がざわついているのを感じていた。

それだけは……それだけは、抑え込まなければならない。何があっても。

しかし、ひと通り講習を終えた山岸教室にも、ついに実戦練習の時が訪れた——。


工藤の相手は、シックだった。

シックは武器講習を受けていた中で、誰よりも飲み込みが速かった。

元々、ナイフや隠し武器といった類のものが好きなのだろう。研修中、暇さえあれば、バタフライナイフを華麗なアクションで開いたり閉じたりして、遊んでいた。

最後の実戦練習は、研修生たちが、黒いカーテンで仕切られた個室にこもり、互いに好きな武器を仕込んで、闘うことになっていた。

殴り合いなんて、生やさしいものではない。まさに、殺し合いとなる。

実際、工藤より以前に闘った者たちは、勝者も敗者も、傷ついていた。

緊張で手元が狂うせいか、ナイフを使っても急所を外し、死には至らない。が、おびただしい出血がグリーンのフロアラバーを汚し、飛沫血痕が剥き出しのコンクリートの壁を黒く染めていた。

今は、目の前で松井が闘っている。彼女は、スチレットナイフを持っていた。基本に忠実な半身構えのフェンシングスタイルを取っている。

一方、相手の男は、サバイバルナイフを使っていた。

でかいナイフを振り回し、松井を刻もうとしている。が、松井は、右に左に髪の端をなびかせ、かわしながら、ナイフの切っ先を突き出していた。

「おらおらっ！　女一人に何やってんだ！」

「うるせえ！」

周りのヤジに男が応える。

その瞬間、シックが立ち上がった。試合に背を向け、控え室へ入っていく。工藤が、シックの動きを目で追ったわずかな瞬間だった。

「ぎゃあああっ！」

太い悲鳴が、部屋に轟いた。

工藤はその声に驚き、フロアの中心に視線を戻した。男が、松井の足下でのたうっていた。首を両手で押さえている。指の間からは、血の飛沫《しぶき》が上がっていた。

松井は、その場に立ったまま、冷たい視線で男を見下ろしていた。血をかぶった横顔に、工藤が知っている松井の顔はない。

男がヤジに応えた瞬間、隙ができたようだ。その一瞬を逃さず、松井は男の首を切り裂いたらしい。

「助けてくれ！　助けてくれ！」

男は、泣き叫んだ。闘い始めた頃の威勢はない。死に直面した男は、血が止まらない首を押さえ、地べたを這いずっていた。

松井は、山岸に軽く頭を下げると、壁際に戻り、フロアに座り込んで両膝を立てた。

地下室へ来てからというもの、松井の顔つきは日に日に鋭くなっていた。

死に直面する世界に浸っているせいだろう。松井の全身には、殺気のようなものが宿ってきていた。

僕も、こうなっていくのだろうか――。

なりたくない。なってはいけない……と思う反面、日が経つにつれ、自分の中にある暴力の衝動を感じさせられていた。

「工藤。用意しろ」

男のトレーナーが言う。工藤は仕方なく立ち上がり、シックとは反対側の控え室へ入った。

テーブルには、あらゆる道具が並んでいた。ナイフだけではない。警棒に小さな取っ手をつけてトの字形に加工したトンファ、皮袋に砂鉄を仕込んだブラックジャック、握る部分に布を巻いたチェーン。指にはめる鉄の拳・カイザーナックルもある。

工藤は、テーブルの一番端にある特大のサバイバルナイフを握ってみた。鈍い刃が、ギラッと光る。とても使えない。仮に勝ったとしても、こんなものを使えば、間違いなくシックを殺すことになる。

もう、殺したくない……。

工藤は、トンファを握った。トンファは、取っ手の部分を握り、棒部分を腕に沿わせて構えていれば、ナイフ攻撃を避ける絶好の盾となる。振り回せば、ナイフをはたき落とすこともできる。攻撃も打撃中心。うまく殴れば、殺すことなく相手を倒せる。

しかし、トンファだけでは、シックに勝てない。もう一つ、何か武器を……と探していた工藤の目に投げナイフが留まった。矢じりの先だけ取ったような逆V字形のナイフ。大きさは、五百円玉くらいだった。

これで、何とかなるかもしれない。投げナイフでシックの足を止め、彼の振り回すナイフをかわしながら、首筋にトンファを一発叩き込み、眠らせる。

子供だましかもしれないが、そうすれば、シックを殺さず、闘いを終わらせることができる。

「工藤、用意はできたか？」

トレーナーの声が聞こえる。

工藤は、トンファを二本つかみ、腰元に数本の投げナイフを挟んだ。さらに一本、右手のひらに隠し、控え室から出た。

シックは、顔をうつむけ、静かに立っていた。手元に目がいく。両手に何かを握り持っているのは、容易に見て取れた。

工藤は気になった。以前見たバタフライナイフの扱いを考えると、シックが、わざわざ〝仕込んでます〟という構えを取る方がおかしい気もする。

誘っているのか、それとも、僕をナメきっているのか――。

「始め！」

迷っている間に、トレーナーの声がかかった。

工藤は、とにかく自分の考えた行動に出た。

右手に隠し持っていた投げナイフを、下手投げでシックの左腿めがけ、投げた。スナップが利いているからか、ナイフのスピードは速い。

工藤は、ナイフを投げたと同時に、素早く二本のトンファを両手に握り、突進していった。

いくらシックでも、このナイフのスピードでは、避けきれない。

と、工藤は思ったが、予想していたのか、シックは右足を引いて半身になり、飛んできたナイフをかわした。

目標を失ったナイフが、壁に当たって弾ける。

読まれてたか！

シックは半身になりながら、右手に持っていたナイフを投げてきた。

工藤は、とっさにトンファを握った腕を顔の前に立てた。左のトンファの棒に、カツッとナイフが刺さった。あと数ミリずれていれば、工藤の眉間に、ナイフが食い込んでいただろう。

しかし、冷や汗も出ないうちに、工藤はシックの前まで移動していた。彼の顔が、すぐ目の前にあった。工藤は、右手に握ったトンファを振り回した。棒の先端が、くるっと素早く回る。

とらえた！と、思った瞬間、シックの体が沈んだ。そして、工藤の左脇に突っ込んできた。同時に、左手に持っていたナイフを、忍者が小刀を振るようなスタイルで真横に振り、工藤の太腿を斬りつけた。

「はうっ！」

左足に辛痛が走り、膝をつきそうになる。

シックは、背中を向けたまま、振ったナイフを、背後に突き出してきた。工藤の裏腿を狙っていた。切っ先が、裏腿を抉《えぐ》ろうと迫ってくる。

工藤は、痛む左足を踏ん張って、地面を蹴った。柔道の受け身のように前方に転がり、立ち上がりざま、振り返る。

そこへ狙いすましたかのように、ナイフが飛んできた。工藤の眼が一瞬のギラつきをとらえる。とっさに右斜め下へ上体を倒した。

「くっ……！」

ナイフは、左肩口に突き刺さった。

危なかった。避けていなければ心臓を抉られるところだった。

細長いナイフだった。投げナイフではない。普通のナイフを、ダーツのように扱っている……。

工藤は、ゆらりと立ったまま、表情を変えずに自分を見据えてくるシックに、言い知れない恐怖を感じていた。

工藤はシックに目線を向けたまま、トンファの棒先でナイフのグリップ部分を根元から叩き折った。

ナイフの刃を抜くわけにはいかなかった。ただでさえ左腿の傷口から、血があふれ出して止まらない。この上、肩口のナイフを抜いて、出血が始まったら、おそらく失血で意識がなくなってしまうだろう。

その時点で、シックに喉笛を切り裂かれ、工藤の命は終わる。

しかし、このまま闘っていて、勝ち目はあるのか……。

シックには、まったく隙がない。ビッグのように熱くなるタイプでもない。

冷静で、武器の扱いにも卓越したシックのナイフをかわして彼を打ち倒すことなど、不可能に思えた。

どうする……。

工藤の心臓が、ひときわ大きな鼓動を打った。

まただ。死の恐怖を前にして、血が騒いでいる。激しく熱い虫が、工藤の中でざわめいている。

工藤は、自分の中に沸き上がる欲望を抑えようと、小さく頭を振った。と、目線の先に、山岸の姿が映った。山岸は、パイプ椅子に腰掛けている。

あれしかない。

工藤は、ナイフが刺さったトンファをシックに投げつけた。シックが簡単にかわす。その隙に、工藤は山岸めがけて、走った。

山岸に向けて、蹴りを飛ばす。山岸は、とっさに椅子から離れ、工藤の蹴りを避けた。

「何をする！」

トレーナーがいきり立つ。

工藤は、トレーナーの言葉など聞かず、パイプ椅子を取り上げ、背もたれの部分を持ち、顔の正面に差し出した。座る部分が、大きな盾となる。

「考えたな……」

シックがニヤリとした。余裕にも見える。が、シックが初めて感情を見せた。

そのことが、かえって工藤の気持ちを落ち着かせる。

ヤツにも余裕はない――。

工藤は、パイプ椅子をかざしたまま、シックに向かって突進した。シックも、前傾姿勢で工藤の方へ突っ込んでくる。

工藤は、右手のトンファを構えた。シックは、工藤の顔をじっと睨み、袖に仕込んでいた細いナイフを両手に握った。

工藤が、パイプ椅子を突き出し、トンファを振り上げる素振りを見せた。シックは、工藤の左側にステップを切った。

予想通りの行動だった。工藤は、シックの体が、右に傾いた瞬間、左回し蹴りを放った。

いきなり飛んできた蹴りを、シックは腕でカバーしようとした。が、工藤の蹴りがわずかに速く腕をすり抜け、シックの顔面にヒットした。

足の甲を顔面で受け止めたシックの動きが、ピタッと止まった。工藤は、トンファをクルリと回し、シックの後頭部に叩き込んだ。硬い棒が、シックの後頭部を砕く。

シックは、短い呻きを吐いて、目を剝いた。ゆっくりと体がフロアに沈む。うつぶせたシックは、両眼を見開いたまま、体を痙攣させていた。

背後で、拍手が一つ聞こえた。

「椅子をブラインドに蹴りを放つとは、やるじゃないの」

山岸が言う。

しかし、工藤は山岸の言葉を無視して、シックの横にしゃがみこみ、様子を見た。

「おい、大丈夫か？」

鼻先に指をかざす。息はあるが、後頭部を強打されたせいか、動けずにいた。

「トレーナー！ 早く手当を！」

振り返る。と、山岸がゆっくり近づいてきた。

「彼の敗因は、ナイフに頼りすぎたことね。あなたのように、ナイフだけじゃなく、状況に応じて、武器や闘い方を使い分けるというのは、大事なことね」

「そんなこと言ってないで、早く治療しろ！」

工藤が怒鳴る。山岸は屈んで、落ちていた投げナイフを取り、シックの足や腕をつついた。肌はビクッ、ビクッと反応を示すが、それだけだった。

「もうダメね」

山岸はつぶやくなり、手に持っていたナイフをシックの首筋の裏に立てた。

「なにするんだ……おい、何をするんだ！」

工藤は、止めようとした。しかし、背後から近づいてきた若いトレーナー二人に両腕を摑まれた。

「何をする！　やめろ！」

わめいて暴れる。だが、トレーナーたちは振りほどけない。

山岸は、工藤の叫びに耳を貸すことなく、ナイフを持つ手に力を入れた。そして、豆腐でも突くように切っ先を刺し入れる。シックの肉体が、一瞬、ビクリと動く。が、間もなく、うつぶせたまま動かなくなった。

「殺したのか……」

「彼のためよ」

「殺したのか！」

工藤は、叫んだ。立ち上がった山岸は、工藤を見据えた。

「あなたの後頭部への一撃で、下半身がマヒしてたの。運動中枢がやられたのね。上半身の反応も極度に鈍くなってた。あなたの狙いが、的確だったってことよ。彼はよく持ち直して、下半身マヒ。もう、殺し屋としては働けないわ」

「だからといって、殺すことはないだろ！」

「工藤さん。ここは殺し屋を養成する場所よ。あなたも、ここへ踏み込んだ以上、いいかげんに覚悟を決めたらどうかしら」

「意味もない殺人をするのが、殺し屋じゃないだろう」

「じゃあ、あなたは彼をどうするつもりだったの？」

「それは……」

「彼は、殺し屋になるため、自分の意志でこの養成所の門を叩いた。けれど、あなたに敗れ、肉体の自由を奪われた。その状況で、彼を生かせというの。彼にこれから生きていく希望を与えられるとでもいうの」

冷たい言葉だった。が、工藤は何も言い返せなかった。

「あなたが、これ以上、この場所に疑問を持ち、殺すという行為に堪えられないのであれば、自ら死を選べばいい」

山岸はそう言って、生き残っていた人間たちの方を向き、笑顔を向けた。
「みなさん、おめでとうございます。私の部屋の講習は、終了しました。明日からの新たな講習に備えて、今日はゆっくり休んでください」

山岸は言うと、トレーナーたちに闘いに負けた人間を引きずらせ、部屋から出ていった。
部屋に残されたのは、六人の男女だけ。たった三週間で、二十数名いた研修生たちが四分の一に減った。

途中で脱落した者もいた。修了試験で大ケガを負い、追放された者もいた。そして、死んでいった者も……。

残された六人は、広くなったスペースに散らばっていた。寝ている者、座っている者、筋トレをしている者。それぞれ、自由にしているが、誰一人話しかけようとも、目を合わせようともしない。

工藤は、松井の方を見た。松井は壁の方を向いて、腕枕で寝ていた。話したい。誰かに、言葉を聞いてもらいたい。けれど、息づかいにすら気をつかうほどの殺伐とした緊張感が、部屋全体に張りつめている。とても、言葉を発する雰囲気ではない。

工藤は、立てた両膝を抱え、フロアに飛び散った血のシミから視線を逸らすように、顔をうつむけた。

3

三つ目の講習は、火器に関するものだった。拳銃から爆発物全般の講習だ。

火器講習の部屋は、打撃や手持ち武器の講習を受けた部屋とは比べものにならないほど、広かった。爆発物を作る部屋は、分厚い壁で囲まれている。ガラス壁の奥には、射撃場もあった。

火器の部屋を取り仕切っているのは、久賀《くが》という小柄な初老の男だった。その下に、各火器の専門トレーナーがいて、細かい知識を叩き込んでいく。

工藤は、憂鬱だった。

銃などに、触りたくもなかった。いろいろな武器はあるが、銃こそ人を殺すための道具以外の何ものでもない。

拒否したい。だが、火器の講習を終えたあとにはまた修了試験が待っている。

今度は、確実に殺し合いになる。

工藤とともに残った松井や、残りの四人は、真剣そのものだった。中には、本物の銃に触れ、思わず顔をほころばせているような男もいた。

こんなヤツが、世に放たれたら……と思うと、ゾッとする。

銃器の講習は、まず拳銃や小銃の分解・組立から始まった。

部屋へ入って三日。朝から晩まで、ひたすら分解と組立を繰り返している。こんなことは、銃が規制されている日本では、警察官か自衛官しかしないこと。一般人には、まったく必要のない知識だった。

「工藤、遅い！」

各人の背後を歩いていたトレーナーが、工藤の後ろで立ち止まり、怒鳴りつけた。

しかし、後ろで大声を出されても、工藤はビクともしなかった。

工藤は、オートマチックを分解し、サラサラと組み立てた。一度、構造を理解してしまえば、あとはプラモデルと変わらない。

工藤が組み立てていたのは、ヘッケラー&コックP7という自動拳銃だった。ドイツの特殊部隊で使われている銃らしい。

トレーナーは、細かい説明を加えるが、工藤にはどうでもいいことだった。

今、考えていることは、このまま最後まで残るか、あるいは、今度の修了試験で、自ら自分に引導を渡すか。

それだけだった。

しかし、工藤の思いに関係なく、研修の日々は過ぎていった。


一週間が経った。小銃やライフルの組立実習が終わり、その日から、実際の射撃練習が始まった。

まず、テーブルに置かれた銃を組み立てる。そして、組み上がった順に、射撃場へ入り、射撃をする。

起床時間は自由。各々、勝手に起きあがり、勝手に組み立てて、射撃を始める。どうやら、精神面の鍛錬もかねているようだった。

早く起き、組立が速い者ほど、より実射訓練に時間がかけられるということになる。つまり、上達したければ、自分を律して、腕を磨け――ということだ。しかも、上達するかしないかは、そのまま生死に関わる。

工藤は、ずっと寝ていようかとも思った。すべてを終わらせるなら、わざわざ嫌いな銃器を触ることもない。が、もう二カ月も仕込まれた生活のリズムは変えられなかった。

目が覚めた工藤は、用意されていた食事を摂った。ゆっくり食べるつもりだったが、いつのまにか早食いの癖までついている。

あっという間に、食事を終えた工藤は、仕方なく、部品の置かれた部屋へ入った。

普段のリズムで、朝の風景を迎えた工藤だったが、部屋へ入ったのは、工藤が一番最後だった。

他の五人は、早くも部屋へ入り、組立を始めている。自分の命がかかっているからか、みんな目の色を変えて、銃の部品と取り組んでいた。

工藤は、テーブルにある部品を見た。オートマチックの部品が置かれている。が、今まで、分解と組立の訓練に使っていたH&Kではなかった。

「新しい銃か……？」

工藤は、周りの研修生たちを見た。

彼らも、今まで扱ったものではない銃を前にして、戸惑いを見せていた。

基本的な構造は変わらない。が、細かいところで、部品の形やセッティングの仕方が違うようだ。

早くも、知識の応用が始まっているのだろうが、扱うのは拳銃だ。あまりに、無責任なやり方だ……とも思う。

工藤は、一つ一つの部品を見ることから始めた。スライドには、〝ベレッタ〟という文字が刻まれていた。

構造は、H&Kより簡単そうだが、初めて扱う銃には、慎重になった方がいいと感じる。

しかし、誰よりも早く銃を組み立て終え、立ち上がった男がいた。銃を見て、ニヤついていた男だ。

彼は、できあがった銃に、弾丸を詰めたマガジンを差し込むと、撃鉄の動きや排莢《はいきょう》動作の確認をしないまま、射撃場へ向かった。

よほど自信があるのか、早く撃ちたいだけなのか。

他人事ながら、不安を覚える。トレーナーたちは、黙って見ているだけ。男は、弾の入った箱を持って、射撃場へ入った。

それを見ていた残り四人の手の動きも、自然と早くなる。部品の確認をしながら、じっくり組み立てていたのは、工藤だけだった。

射撃場の方をチラッと見た。男は、ゴーグルと耳カバーをつけ、さっそく撃っていた。

乾いた炸裂音が、かすかに聞こえてくる。ブースの中で、トリガーを引いている男は、目をギラつかせ、笑っていた。

なんてヤツだ……。

工藤は小さく首を振りながら、視線を手元に戻した。瞬間だった。

ひときわ大きな炸裂音がした。明らかに銃声ではない。同時に、甲高い悲鳴が聞こえた。

工藤たちの視線が、一斉に射撃場へと向いた。

男は、白煙が立ちこめたブースの中でもんどり打っていた。右手を左手で押さえている。両手は真っ赤に染まっていた。

工藤は立ち上がって、射撃場を覗き込んだ。ボトボトと垂れ落ちる鮮血の量は尋常ではなかった。

ガラスドアが開いた。鼻を突く硝煙のニオイが、組立部屋にまで漂ってくる。

「痛え！　痛えよお！」

トレーナーに脇を抱えられ出てきた男は、泣き叫んでいた。手元に目がいく。よく見ると、男の右手は、手首から先がなくなっていた。

「何があったんだ！」

工藤は、男のあとから出てきた久賀に訊いた。久賀は、なんでもないような表情で言った。

「銃が暴発したんだよ」

「暴発！　そんな銃を使わせていたのか！」

「工藤君。手元にある銃は使い古したものだが、手入れは行き届いている。丁寧に組み立てれば、事故は起こらない」

「しかし、危険性を知っていながら、僕たちには何一つ知らせていない！」

「事故原因は、排莢確認を怠ったことだ。撃ち終わった薬莢《やっきょう》が引っかかっているにもかかわらず、彼は無理やりスライドを引き、弾を装塡《そうてん》させた。その時、銃身がずれた。これは、組立時にビスを丁寧に締めていれば、起こり得ない現象だ。しかし、彼は引き金を引いた。吐き出されるはずの弾は、銃身を通らない。行き場を失った力は、銃本体に向けられ、爆発した。銃全般のレクチャーを理解していれば、防げた事故だ。違うかな？」

久賀は言う。工藤は、言い返せなかった。

確かに、久賀の言うとおり、銃の暴発に関するレクチャーはあった。だからこそ、工藤も慎重に組み立て作業を行なっていた。

しかも、射撃練習に関しては、時間の制約はない。男が性急に組み立て、勝手に無茶な射撃をし、右手を吹き飛ばされた――という久賀の主張は成り立つ。

「工藤君。他のみんなも聞いてほしい。我々はどんな状況におかれても、迅速な判断と行動を要求される。が、正確性がなければ意味はない。そういう意味で、彼は失格だ。その辺を踏まえて、今後の講習に臨んでほしい」

久賀はそう言うと、部屋を出た。

久賀の言うことはもっともだったが、なんとも後味が悪い。

また、一人減ったな……。

数が少なくなるにつれて、研修生たちの互いを見る視線が鋭くなってくるような感じもする。

工藤たちは、得体の知れない息苦しさに包まれながら、黙々と銃を組み立てた。


いろいろな不安や疑問を抱きながらも、火器講習は続いていった。

工藤は流されるまま、レクチャーを受け、射撃練習を行なっていた。

今も、自分で組み立てたライフルを握っていた。射撃場のカウンターに長い銃身を乗せ、パットプレートをしっかり肩に押し当てる。頰を寄せて、銃と肩の位置を固定し、スコープを覗く。

基本に忠実なスタイルで構えた工藤は、「+」印の中心に、フロントサイトの出っ張りの頂点を重ね、標的を狙った。

引き金を引く。甲高い炸裂音が響き、肩口にずっしりと重い反動が返ってくる。

体を起こして、カウンターに置いた双眼鏡を取り、的を覗く。人型のプレートの胸部に、くっきり穴が開いていた。

胸部を狙っているのは、工藤だけだった。他の四人は、必ず頭を狙う。しかも、眉間の中心を確実に。

本当なら、そうするべきなのかもしれない。が、工藤はどうしても頭を狙う気にはなれなかった。無意識の抵抗だったのかもしれない。

養成所から抜けようと思えば、抜けられる。自分で自分の手を撃ち抜いてしまえばいいのだ。使い物にならなくなった時点で、工藤の殺し屋候補生としての人生を絶てる。

しかし、自分ではできなかった。

昂ぶり……。

ビッグを殴り倒したときの拳の感触。ナイフで人形を刺していたときの感触。シックを蹴り上げ、トンファで殴り倒したときの感触。そして、銃を撃ったときの重くしびれるような感触――。

普通に生きていれば、まず味わうことのない昂ぶりが、工藤の血をざわつかせる。

訓練終了後、今日こそ辞めてやろう……と毎回思うのだが、その昂ぶりを思い出すと辞められなくなる。

ここへ来て、何かが麻痺してしまったのだろうか。それとも、この昂ぶりは、元々自分の中にあったものなのか……。

射撃練習を終えた工藤は、そのまま爆発物の講習をしている部屋へ行った。

爆発物の講習は自由講習でいつでも好きなときにレクチャーを受けられることになっていた。

爆発物製造の部屋は、各ブースが個室のようになっている。モニターから、いつでも情報を取り出せるようになっていて、強化ガラスの向こうにいるトレーナーに質問し、指示を得られる仕組みになっていた。

完全に区切られた個人の世界。それだけ、爆発物の製造は危険だということを意味している。

ドア口には、本日のレクチャー内容を示すプレートが貼られていた。《ニトログリセリン合成法》と書かれてある。

二重扉の二枚目の扉を開けると、一番奥のブースで、研修生の男一人が、早くもニトロの製造に取りかかっていた。

銃の暴発事故があったせいか、彼は慎重だった。いや、慎重すぎた。

極度の緊張が、彼を包んでいるようだ。試験管を挟んだアームを持つ手が震えていた。

危ないな――。

そう感じた工藤は、空いているブースに入ると、置かれているマイクのスイッチを押し、ガラスの向こうにいるトレーナーに話しかけた。

「トレーナー。一番端のブースにいる男に、実験をやめさせろ」

〝何を言ってる〟

「見てわからないのか！　彼は、緊張しすぎだ。このまま実験を行なえば、事故が起きる可能性がある」

〝何を言いたいんだ、おまえは。文句を言うなら、この部屋に入ってくるな〟

トレーナーは、冷たく言い放ち、奥のブースの男に目をやっていた。

くそう！　こいつら、人のことなんか、どうでもいいんだな！

工藤は、自分で止めようと思った。が、今、いきなり声をかければ、彼に動揺を与え、ますます失敗させることになりかねない。

どうすれば……。

思案していたときだった。いきなり、ドンッという太い音が響いた。目に染みるほど強烈な刺激臭が、部屋の中を漂う。短い悲鳴も聞こえた。

工藤は、口元を押さえ、目を細めて、ブースから飛び出した。

白煙が上がり、男が倒れていた。男は、血だらけの焼けただれた両手で、顔を押さえていた。破裂した試験管のガラスが、目に突き刺さっている。

「しっかりしろ！」

工藤は、男を抱きかかえて、ドア口へ走った。待っていたように、ドアが開く。強化ガラスの向こうにいたトレーナーが立っていた。

「早く、手当を！」

「必要はない。こいつは、失格だ。濃硝酸と濃硫酸を混合するくらいで失敗するヤツは、使い物にならん」

「手当をしろ！」

「おまえの言うことじゃない」

「おまえたちは……」

工藤は、奥歯をギリッと噛みしめた。

「男を下ろせ。ここで、処分する」

トレーナーが、腰元に右手を下ろしていく。スエットの腰の辺りが膨らんでいる。

拳銃か――。

工藤は、男の体を下ろすフリをして、上体を屈めた。が、男の脇に通した腕はほどかず、起きあがりざま、彼の体を振り回した。

ダラリと下がった男の足が、円を描き、トレーナーに襲いかかった。トレーナーは、右腕でその足を避け、左腕をスエットの膨らみに伸ばした。

工藤は、右上段の蹴りを放った。トレーナーの左手が膨らみに届く前に、工藤の鋭い蹴りが、トレーナーの左顔面をとらえた。

トレーナーの体が、弾かれた。よろけたトレーナーが、ブースの中に突っ込んでいく。

「ぎゃあああっ！」

トレーナーは、テーブルに置いてあった濃硫酸のボトルを倒した。

ジュッという音がして、薬品の刺激臭と肉の焼ける臭いが沸き上がった。

トレーナーは、左手で銃を抜き取った。工藤に銃口を向ける。

工藤は、すかさず間合いを詰め、右の回し蹴りを放ち、拳銃を手から弾き飛ばした。そして、その足をクルッと回し、トレーナーの鳩尾《みぞおち》に踵を落とした。

トレーナーは、目を剝いて、口から泡を吹きだした。

工藤は、トレーナーの手からこぼれた銃を拾った。リボルバーだった。工藤は、男を抱えたまま、右手でグリップを握りしめ、ハンマーを起こした。

爆発物講習の部屋から、そろりと出る。工藤は、壁に身を寄せながら、メイン通路に近づいた。

メイン通路をまっすぐ行けば、階上へ上がる出入口にたどりつく。

工藤は、男を抱えたまま、この地下室から逃げ出すつもりだった。

枝通路から顔を出し、メイン通路の様子を見る。誰もいない。工藤はメイン通路に躍り出た。

一気に、出入口を目指して走る。が、枝通路から出てきた若いトレーナーとばったり出くわした。

「おまえ、何やってる」

若い男が、険しい顔をして近づいてくる。

工藤に考えている余裕はなかった。工藤は、男の太腿めがけて、引き金を引いた。

「うぎゃっ！」

いきなり銃弾を撃ち込まれたトレーナーは、その場で足を押さえて、転がった。

銃声は、思った以上に反響した。炸裂音を聞きつけたトレーナーたちが、メイン通路の前後から、走ってきていた。

「くそう！」

工藤は、すぐ手前の枝通路を左へ曲がった。

その先には、武器の訓練を行なった山岸の部屋がある。

工藤は、山岸の部屋のドア前まで走った。鍵穴に銃弾を撃ち込む。分厚いドアだ。一発ぐらいでは開かない。残り弾全部を撃ち込み、ノブを壊した。

ドアを蹴り開ける。中に人の気配はない。中へ飛び込んで、ドアを閉めた。常備灯が、部屋の中を青白く照らしている。

呻く男をそっと床に下ろすと、目に付いたテーブルを力任せに引っ張ってきて、ドアに立てかけた。二重、三重にテーブルを立て重ねる。

まもなく、トレーナーたちが、ドア前までやってきた。

「開けろ！　ここを開けるんだ！」

トレーナーたちがドアを叩く。工藤は、必死にテーブルを運び、投げ重ねた。

テーブルの山にふさがれたドアは、押し込まれたぐらいでは、ビクともしない強固なものになっていた。

トレーナーたちがドアを叩きながら、大声で怒鳴る声が聞こえてきた。

4

男を寝かせた工藤は、自分のスエットを脱いだ。近くにあったナイフを取り、スエットを細く切り裂いて、簡易包帯を作った。

工藤は優しく声をかけながら、飲み水で薬品を洗い流し、男の焼けただれた両手に布を巻き始めた。

「……工藤か？」

「ああ。君は？」

「仲条《なかじょう》……仲条って言うんだ」

男は、自分の名前を必死に口にした。

表ではまだ、トレーナーたちががなり立てていた。その声に、仲条は怯えている。

とてつもない恐怖と孤独を引きずって、地下室へ入ってから一カ月以上を過ごしてきた。ケガをして、処分される身となった今、その恐怖は耐え難いほど膨れ上がっているに違いない。

殺し屋になろうとしてるからといって、自分の死が怖くないわけではない。

僕も、仲条や松井たちも、ただの人間なんだ――。

仲条の様子を見ていて、そう思う。

「大丈夫。あいつらなら、しばらく入ってこられない」

工藤は言って、両手に布を巻き終えた。そして、仲条の目の周りに食い込んだガラス片を抜こうと、手を伸ばした。

　仲条が、ビクッと全身を震わせた。

「少し痛いかもしれないけど、我慢しろ。今、抜いておかないと、食い込んでしまう」

　工藤は、ガラス片を指でつまんで抜き取りだした。仲条は、眉間に皺を寄せたが、抵抗はしなかった。

「仲条。なぜ、あんなに怖がっていたのに、爆発物の研修なんか受けたんだ？　手元が狂えば、危ないことぐらい、おまえにもわかってただろ」

「……怖かったんだ、最終試験が。最終試験は、殺し合いだと聞いてた。最後に残った一人が、修了者になれると。途中まで、自信はあった。けど、おまえや他の連中を見てると、その自信も揺らいだ。同等……いや、俺はそれ以下に見えた」

「そんなことないだろ。最終まで勝ち残った実力があるのに」

「運が良かっただけさ。けれど、最終試験は、実力が試される。俺はやはり劣っていた。だから、爆薬で一気にカタをつけようと思ったんだ」

「僕たちをいっぺんに、吹き飛ばすつもりだったのか？」

「ああ。それも、最終試験前に」

　仲条は、告白した。何かをしゃべらなければ、不安でしょうがないのだろう。

「みんなが油断してるところを狙うつもりだった……すまない」

「いいんだよ。気持ちはわかる」

工藤は、取れるだけのガラス片を抜き取ると、切り裂いた布を目に巻いた。

治療を終えた工藤は、仲条の横に膝を立てて座り、壁に背もたれた。

「僕だって、殺しなんかしたくないのに、ここまで来てしまった。闘った者を殺しながら……」

天を仰いだ工藤の口から、やるせないため息が洩れる。

まだ、外ではトレーナーたちが怒鳴っていた。が、それもBGMに聞こえる。久しぶりに人と話しているせいか、工藤の気持ちは不思議と落ち着いていた。

「なあ、工藤。なんで、俺を助けた？」

「ケガ人を放っておけなかっただけだ」

「本当にそれだけか？」

「……それは、言い訳かもな」

工藤は、ふっと笑みを浮かべた。

「怖かったんだ、僕も」

「おまえは負けないだろ。ビッグやシックを一撃で倒したんだ。判断も慎重だ。洞察力もある」

「そういう意味じゃない。自分自身が怖くなったんだよ」

「自分が?」

「ああ。暴力は嫌いだ。殺しなんてとんでもない。そう思ってた。けど、先に進めば進むほど、自分の中に眠っていた何かが騒ぎ出すんだ。ゾクッとするような昂ぶりに歓喜する血が……」

自分で口にしながら、工藤は苦悩の色を浮かべた。

「拳銃を握ったとき、その何かが本格的に動き始めてるような気がした。撃った後にいつまでも手に残るしびれや硝煙の臭いが、わけもなく僕を駆り立てるんだよ。僕は、そんな自分が恐ろしくなった。このままこの地下室に居続ければ、僕は二度と、まともな世界に戻れなくなる。そう感じた」

「だから、俺を連れて逃げたというわけか」

「そうかもしれない」

「おまえ、ここが殺し屋の養成所だってことは、本当に知らなかったのか?」

「知ってたら、来なかったよ」

「そうか……。どっちにしても、俺もおまえも、場違いなところに来ちまったというわけだな」

「そういうことだろうな……」

工藤は遠い日を思い出し、口唇を噛んだ。

「工藤が立てこもった?」

三峯が、富士の報告を受け、片眉をピクリと動かした。

「私の部屋に立てこもったようです」

山岸が言う。

「トレーナーは何をしていた」

三峯が、冷ややかな目で久賀を見る。

「監視体制は取っていましたが、まさか、こんな事態になるとは考えてもいなかったものですから」

久賀は、うなだれた。

「どうしますか? 部屋のドアは、中から固く閉ざされています。爆破して突入するしか方法はありません。トレーナーには、いつでも動けるよう、準備はさせていますが」

富士が進言する。

三峯は、額を人差し指でつつきながら考えていた。そして、何かを思いついたように動きを止め、顔を起こした。

「まあ待て。トレーナーを全員控え室へ退がらせろ」

「三峯さん。それは、まずいのでは……？」

「心配ない。各部屋のドアの鍵も開けておけ。これから、面白いものを見せてやる」

三峯は、ニヤッとして、館内につながっているマイクを取った。


「急に静かになったな……」

工藤はドアの方に目をやった。仲条も仰向けたまま、耳をドア口に傾ける。

「トレーナーたちが、あきらめたのか？」

仲条は、期待を込めたように言う。

「それはない。今までの〝処分〟の仕方を考えれば、彼らがここの汚点となるような前例を作るはずがない」

「武器でも取りに行ったのか……」

「わからないな。けど、心配するな。おまえのことは、僕が守る」

「工藤……無理するな。何かあれば、俺を殺して行け」

いためにも」

「それはできない。しちゃいけないんだ。僕がこれ以上、人間として大事なものを失わないためにも」

話していたとき、地下フロアのスピーカーが、パチッという音を立てた。

——研修生の諸君。総合トレーナーの三峯だ。これより、予定を繰り上げて、最終試験を行なう。

「最終試験だと!」

工藤は、どこからか響いてくる声を睨みつけた。仲条の口元が強ばる。

——今、地下フロアには、諸君たちしかいない。全室、鍵を開けている。最終試験は、殺し合いだ。君たちの中で、生き残った者だけが最終試験を突破し、本課程を修了したと認める。時間は無制限。勝負がつくまで、闘ってもらう。以上だ。

三峯の声が一方的に響き、声は途切れた。

言いようのない沈黙が、フロアに広がった。

「殺し合いだと……」

「もうダメだ。工藤、俺を殺してくれ!」

「何を言ってるんだ。あきらめるな。必ず、ここから生きて出よう。死ぬことはないんだ。負けがすぐ死につながることはない。失敗も成功の糧《かて》にしなくちゃいけない。それが人間だ！」

工藤は、自分に言い聞かせるように、声を張り上げた。

「工藤……」

「ちょっと、動くぞ」

工藤は、山岸の最終試験で使った黒カーテンに仕切られた個室に目をやった。

「立てるか？」

「ああ……」

仲条が、身を起こす。工藤が二の腕をつかんで、脇に肩を通した。カーテンの奥へ入ると、工藤は仲条をそっと壁を背に座らせた。

工藤は、バタフライナイフを二本取り、刃を剝き出した。グリップを仲条の手に当て、布で巻き付け、固定する。

「何をする気だ？」

「これは、自衛の武器だ。両手に剝き出したバタフライナイフを巻いておく。トレーナーが来たら、斬りつけろ」

工藤は、腰に投げナイフを挟み、ポケットにスチレットナイフを、そして両手で長い棍棒を握った。

「何をする気だ……？」

「脱出するための突破口を開いてくる」

「無理だ」

「無理じゃない！　僕たちが力を合わせれば、トレーナーたちを相手にしても、負けはしない」

「どうせ、トレーナーたちは、どこかで監視している。それに、おまえがそのつもりでも、研修生が協力してくれるとは限らないじゃないか」

「その時は、その時だ。とにかくやってみる。おまえはここを動くな。必ず、迎えに来るから」

工藤は言うと、カーテンの外へ出ていった。

積み上げたテーブルを少し崩し、ドアをこじ開けた。わずかな隙間に体をねじ込んで、表へ出る。

不気味な静けさが、通路に漂っていた。が、その静けさもすぐ銃声に破られた。

一つの銃声が響いた瞬間、いくつもの銃声が鳴り響いた。

工藤は、火器を扱っている部屋の方へ走った。

「やめろ、みんな！」

声を上げる。自分の位置を知らせるようなものだが、このまま部屋に残っていた三人を殺し合わせるわけにはいかない。

声に気づいた誰かが、枝通路から、ふっとメイン通路に躍り出た。男だった。工藤の影に気づき、銃口を向けてくる。

工藤はとっさに、サイドステップを切った。同時に腰元に手をやる。男が再び銃口を向ける前に、工藤は投げナイフをつかみ取り、素早く投げた。

ナイフが、男の太腿をとらえる。男が一瞬、バランスを崩す。工藤は棍棒をつかみ、男の右手首を払った。

男の手から、拳銃がこぼれる。工藤はそのまま棍棒の先を男の首に押し当て、仰向けに倒した。

首を押さえたまま、顔を近づける。

「名前は？」

「い……伊野《いの》だ」

「伊野。僕たちと一緒に、ここを抜け出そう」

「えっ？」

「僕たちで力を合わせて、脱出するんだ。トレーナーたちを倒して」

「何を考えてるんだ、工藤——」

「言葉の通りだ。僕たちが殺し合うことはない」

工藤は、じっと目を見据えた。伊野は、工藤の視線に飲み込まれ、言葉を失った。

「山岸の部屋に仲条がいる。僕が戻るまで、彼を守ってやってほしい」

工藤の言葉に、伊野はうなずくしかなかった。

その時、部屋の方で再び、激しい銃声が響いた。

「わかったら、行け！」

工藤は伊野に命令すると、自分は火器部屋へ向かった。

ドア口に身を寄せる。ドアの隙間から、強烈な硝煙のニオイが漂ってくる。棍棒を左手に持ち、右手に投げナイフをつかむ。大きく息をついて、ドアを蹴破った。

低い態勢で飛び込む。銃声が響いた。外れた銃弾が、グリーンラバーを抉《えぐ》る。

工藤は、影に向けて、ナイフを投げた。腕をとらえたようだった。そのまま前方に回転し、起きあがりざま、もう一本のナイフを影に向けて投げつけた。

影はナイフをかわすと、銃を握った腕を起こす。工藤は棍棒をその腕に叩きつけた。

「はうっ！」

影の手元から、銃が落ちた。工藤は棍棒を斜めに振り上げ、影の横っ面を殴った。影がよろめく。

棍棒を離した工藤は、スチレットナイフをつかみ、素早いステップで影の背後に回り込んだ。喉笛に切っ先を突き立てる。

影の動きがピタリと止まる。

「松井さん」

「工藤さんなの？」

松井は、瞳を後ろに向けた。

フロアには、女がうつぶせに倒れていた。体の下から、赤黒い血が流れ出ている。

「……殺してしまったんだね」

「殺らなきゃ、私が殺られてた」

「もう、殺し合いはなしだ。僕たちと一緒に、ここを出よう」

「えっ？」

「仲条と伊野を山岸の部屋に待たせてある。三峯たちに仕掛けて、みんなでここから脱出しよう」

「何を考えてるの？」

「これ以上、やつらの言いなりになって殺し合うことはない、そう思っただけだ。最後まで進んできた仲間じゃないか。出るときは、みんなで出ればいい」

「工藤さん……」

「誰が生き残っても、一生、小暮たちに使われる身であることには変わりない。たとえ、君が兄さんの恨みを晴らしたとしても、それから先は地獄だぞ」

「かまわない。私は――」

「そんな生き方をさせたくないんだ。誰にも」

工藤は松井の喉元に突きつけた切っ先を外し、後ろから抱きしめた。松井の体が工藤の胸元に傾く。髪の端がふわっとなびいた。

「僕たちとここを出よう」

「……どうやって？」

「正面突破だ。僕たちが力を合わせれば、可能だ。仲条は、目と両手をやられてるから戦力にはならないが、彼も生きているかぎり連れて行くつもりだ」

工藤は、松井から離れた。松井が振り返る。強烈に漂っていた殺気が、薄らいでいた。

「僕と一緒に、ここを出よう」

力強く言う。松井は、戸惑いを見せながらも深くうなずいた。

組み立てが終わっていた銃器をかき集めた工藤と松井は、山岸の部屋に戻っていった。

ドアがかすかに開いている。工藤は壁を背にして、銃を立てた。

「先に、僕が入る」

工藤は一つ深呼吸をすると、横向きに滑り入り、身を屈めて銃口を正面に向けた。

カーテンの前には、伊野がいた。振り返りざま、銃口を工藤に向ける。

「工藤か」

伊野が、笑みを浮かべ、銃口を下げた。

「様子はどうだ？」

「仲条は眠ってるよ。トレーナーたちの動きはない。そっちは？」

「松井さんだけが生き残った。松井さん、入っていいよ」

松井は、部屋の様子をつぶさに見回しながら慎重に入ってくる。工藤は、そんな松井に笑みを向けながら、伊野に話しかけた。

「戦力は、三人だけだ。まず、突破口を開いたあと、仲条を連れて、外へ出よう。地下のトレーナーに比べれば、一階フロアの人間は——」

話していたとき、部屋の様子を窺《うかが》っていた松井の眉間が険しくなった。

「工藤さん！」

松井が、銃口を向けてきた。工藤は、とっさに身を屈めた。

瞬間、二つの銃声が、同時に鳴り響いた。

「はうっ！」

松井が、胸に銃弾を食らった。が、崩れそうになる膝を踏ん張って、なおも銃の引き金を引いた。背後で悲鳴が上がった。

「松井さん、やめるんだ！」

工藤は、屈んだまま、伊野を見た。

伊野は、頭部や首筋に銃弾を食らい、血飛沫を上げながら後方へ弾き飛ばされた。

「やめろ！」

工藤は、松井の懐に飛び込み、下から腕をつかみ上げた。銃口から飛び出した銃弾が、天井にめり込んだ。オートマチックのスライドが、上がっている。

松井は、銃弾が尽きるまで、引き金を引いていた。

「なぜ――」

松井の腕をつかんだまま、伊野の方を見る。

伊野の体がグラッと倒れた。黒いカーテンにもたれかかる。伊野の体に巻き付いたカーテンが、レールから外れた。

カーテンの向こうが露《あらわ》になった。工藤は、絶句した。

仲条は伊野に、顔形がなくなるほど銃弾を撃ち込まれていた。流れ出た血液が、アメーバのように床に広がってゆく。

松井の体が、ガクンと崩れた。

「松井さん！」

工藤は、松井の体を支えた。

松井は、工藤の腕の中で微笑んだ。口もとから血がしたたっている。

「松井さん……」

「あなたも、甘いわね。殺し屋になりたいなんてヤツを信用するなんて……！」

咽《む》せて、血の固まりを吐き出す。工藤は、松井の胸元を押さえた。松井はその手を自分の手のひらで包み込むようにした。

「松井さん、しっかりするんだ！」

「さっき、抱きしめてくれたとき、うれしかった。兄さんに抱かれてるみたいだった」

「しっかりしろ！　今、助けて――」

松井は、工藤の手をギュッと握った。蒼ざめていく顔を小さく振る。

「一つお願いがあるの……」

声を絞り出す。工藤は、血にまみれた手で松井の手を握りしめた。

「兄さんを死に追いやった連中を始末して、あなたの手で――」

「僕はもう……」

「殺したい連中のリストは、小暮会長に渡してあるわ。お願い、あなたの手で……」

松井が目を見開いて、激しく血を吐き出した。

「もう、しゃべるな！」

「はあはあ……あなたと……コンビ、を……組んで……みた……かっ……」

松井は、力ない微笑みを残して、ガクッとうなだれた。

「松井さん！　松井さん！」

工藤は松井の名を叫び、抱きしめた。体がやけに重く感じる。

そこに、三峯たちが入ってきた。富士や山岸、久賀たちも顔を揃えている。トレーナーたちも、三峯の後ろからぞろぞろと入ってきた。

三峯が拍手をする。すると、周りの連中が、同じように拍手を始めた。

「いやいや、お見事だったよ、工藤君」

「やめろ……」

「自分は手を下さず、仲間たちに同士討ちさせるとは」

「やめろ！」

工藤は、自分が握っていた拳銃を三峯に向けた。しかし、三峯はまったく動じず、工藤に笑みを向けていた。

「ただいまをもって、工藤雅彦が本カリキュラムを修了したことを宣言する」

「何が、カリキュラムだ。おまえたち、全員、狂ってる！」

「怒りに任せて、殺人を行なう。それもいいだろう。君の最初の仕事は、我々ということになるな。心配するな。我々を殺しても、君が殺人者として追われることはない。ただ、君の殺人リストの一ページ目を飾るだけだ。偉大なる殺し屋のリストに刻まれるなら、私はいつでもこの命を捧げよう」

三峯は大きく両腕を広げた。

工藤は、怒りに腕を震わせていた。奥歯が砕けそうになるほど噛みしめる。そして、銃口を真上に向け、銃弾が尽きるまで、撃った。

拳銃が手からすり抜け、ことりと床に落ちた。松井を床に仰向けにさせ、立ち上がる。

工藤は、うつむいたまま、三峯の脇を通り過ぎようとした。三峯は、工藤の肩を握った。

「うちの者に、小暮会長のところまで送らせる。今後の活躍を期待してるよ」

三峯が、工藤の肩を軽く叩いた。

工藤は顔を上げた。三峯の顔面に、いきなり右ストレートを叩き込む。

三峯の顔がひしゃげ、吹っ飛んだ。後ろを囲んでいたトレーナー数人をなぎ倒す。

工藤から、トレーナーたちがスッと距離を置いた。言いようのない怒りと哀しみに震える工藤の表情を見て、顔を強ばらせているトレーナーもいる。

工藤は、そのまま振り返ることなく、地下室から出ていった——。

第四章　殺しという仕事

1

横浜の特別トレーニングセンターを出た工藤は、車の中で歌舞伎町での事件の顛末《てんまつ》を聞かされた。

小暮の言うとおり、工藤の代わりの者が警察へ出頭し、実刑を受けたらしい。けれど、身代わりが受けた刑は、懲役一年。傷害致死事件としては、異例の刑の軽さだった。

工藤が借り回った消費者金融の金も、小暮が肩代わりしてすべて返したらしい。

ありがたいことではあったが、それもこれも、自分を殺し屋に仕立てるための投資でしかない……と思うと、思いは複雑だった。

小暮の組織のことも、大まかに聞かされた。あちこちに〝エージェント〟と呼ばれる者がいて、そこから正式に上がってきた依頼だけを引き受けるらしい。

わずか数万で殺しを引き受けるチンピラとは違う――ということなのだろう。

車は、小暮スポーツ本社まで来て停まった。車を降りた工藤は、その足で会長室を訪れていた。

「見違えたよ、工藤君」

工藤の姿を見た小暮が、笑顔を向け、席から立ち上がる。

が、工藤に笑みはない。笑う気になれない。工藤は、勝手にソファに腰を下ろした。

「三峯君から聞いたよ。いや、素晴らしい。あの養成所のカリキュラムを二カ月ちょっとでクリアしたのは、君が初めてだ。さすが、私が見込んだ人材だけはある」

小暮は言いながら、工藤の前に座った。

「今後のことは、また話し合おう。マンションを用意したから、そこでしばらく、ゆっくり体を休めて――」

「研修生だった松井という女性から預かったリストをください」

「仕事はまだいい。今は、体を――」

「リストを出せ」

工藤は、静かな口調で言った。

小暮のこめかみが、一瞬、ピクリと動く。

「君に仕事ができるのかね？」

「なんなら、今、試しますか。ここで」

工藤は、じっと小暮を見据えた。小暮も工藤を見返す。が、小暮はすぐ笑みを浮かべ、ソファにもたれた。

「いい目つきだ。しかし、我々がやっているのは、あくまでもビジネスだ。怒りに任せて殺すのは、ただの殺人。そこの違いを十分理解してほしいのだがね」

「僕は、彼女から直接、依頼を受けた」

「松井君から？」

「でなければ、リストのことは口にできない。違いますか？」

「ふむ……。嘘はなさそうだな」

小暮はソファから立ち上がり、デスクへ戻った。引き出しの奥からUSBメモリーを一枚、取り出す。

ノートパソコンにUSBメモリーを差し込んでパスワードを打ち、ファイルを開いた。

ノートパソコンを工藤に差し出す。工藤は受け取って、画面を見つめた。

「ターゲットは、オールジャパン・ボディビル・アソシエーションの会長・森尾《もりお》。西東京支部の支部長・北嶋《きたじま》。現全日本チャンピオンの鹿原《しかはら》。その三人だ。彼女から預かっている依頼料は三百万。君の取り分は、六割。百八十万だ」

小暮は、淡々と話す。まさに、ビジネスだった。

「方法はどうする？」

「帰って検討します。では……」

工藤はＵＳＢにデータを落とし、小暮にノートパソコンを返した。

小暮はノートパソコンの電源を切ると、帰ろうとする工藤に言った。

「今回の仕事は、朱里にもついてもらう」

「必要ない。一人でできます」

「ダメだ。仕事は、複数で行なうのがうちの方針だ。万全を期すためにね。一人で行なう仕事は、危険がともなう。それが受け入れられないなら、この仕事からは手を引いてもらう」

「……わかりました」

「今夜、君のマンションに、朱里を行かせる。そこで、細かい打ち合わせをしてもらいたい。報酬は、仕事終了と同時に、君の口座に振り込む」

小暮は再び立ち上がって、デスクに置いていた鍵とクレジットカードを取った。工藤の前に差し出す。工藤は、鍵とカードを内ポケットに突っ込んで、席を立った。

「事件の処理、借金返済、そして、母の面倒を見ていただいていたことには、感謝しています」

工藤は、軽く頭を下げ、部屋を出た。


二時間後――。

「どうして、私があんな素人と一緒に仕事しなくちゃならないんですか！」

小暮に呼ばれ、会長室へ出向いた朱里は、デスクに手をついて、かみついた。

「君以外の人間では、手に負えない可能性がある。横浜センターでの出来事は聞いたか？」

「いえ」

「彼は、研修生をけしかけて、トレーナーたちに暴動をふっかけようとしたらしい」

「暴動？」

「どうにも我慢できなかったようだね。自分が殺し屋として養成されることが」

「それにしても、特別センターのトレーナーに暴動をふっかけるなんて、どういう神経してるのかしら。勝てるはずないのに」

「それが、そうでもないらしい」

小暮は、デスクの引き出しから、報告書を出した。朱里の前に放る。朱里は、手にとってページをめくった。

工藤の研修中の記録だった。数値データを見ていた朱里の顔が、みるみる強ばる。

「何、これ……」

「心肺能力、持久力、瞬発力、筋肉の成長速度――。あらゆるデータが、信じられない伸びを示している」

「会長。これを最初からわかって……」

「だいたいはな。骨格や筋の張り方を見れば、大方の予想はできる。元々、骨格の素地がいい上に、小さい頃から肉体系のアルバイトをしていたせいで、筋も太かったようだな。しかし、その数値の伸び方には、私も正直、驚いたよ」

小暮は、デスクに両肘をついて、指を組んだ。

「彼の殺しのテクニックは、まだ基礎レベルでしかない。しかし、これが熟練し、磨かれたときには……」

小暮が、複雑な表情を見せる。

朱里は、工藤の性格分析の欄に目を通していた。そしてますます、表情が強ばる。

「会長。この性格分析は、正しいんですか？」

「わからんが、今まで、百人を超すイカレた連中を見てきた三峯の判断だ。そう狂いはないだろう」

小暮は、ため息をついた。

性格分析の欄には、極度の凶暴性と恐怖症が同居していると記されている。抑え込んでいた恐怖がいったん爆発すると、圧倒的な身体能力をもって、敵を倒しにかかる。その時、発揮される潜在能力数値は、計り知れない——と、三峯は書いていた。

「私にどうしろと？」

「彼を監視してほしい。冷静さが残っていれば、彼は強力な戦力になる。が、暴走を始めれば、彼の凶暴性は必ず我々に向いてくる。彼の中の正義感が許さないのは、我々だろうからな。そういう兆候が見えたときは、躊躇《ちゅうちょ》なく殺せ。でなければ、我々が殺《や》られるぞ」

小暮の言葉に、朱里がゴクリとツバを飲み込んだ。

「しかし、そこまで大げさに考えなくてもいいんじゃないですか？　会長は、今度の総元締め会議で全国の組織を束ねることに——」

「何事も万事を期す。我々の仕事に不安分子は必要ない。頼むぞ、朱里」

小暮が言うと、朱里は仕方なくうなずいて、会長室を出ていった。

「やはり、彼は幻の鷹の血を継ぐ者なのかもしれん。ヤツの中に眠る幻の鷹の血が目覚める前に、すべてを終わらさなければ、厄介なことになりそうだ。急がねば……」

一人になった小暮は目を細め、背もたれに頭をあずけると、宙を見据えた。


工藤に与えられたのは、青山にある五階建てのマンションの一室だった。工藤の部屋は、三階の角部屋だった。

ワンルームといっても、二十畳はあるフローリングでかなり広い。

ソファベッドとテーブル。木目調のファッションチェアが二脚。フローリングにモニターがぽつんと置かれている。クローゼットには、フォーマルなスーツからトレーニングウエアまで、あらゆる服がそろえられていた。

母さんは、どうしているのだろう……。

気になるが、本当の人殺しになってしまった今の自分を思うと、母に顔向けできなかった。

工藤は、マンションへ入ってすぐ、松井が遺したデータに目を通していた。

松井の言っていたとおり、松井の兄は殺されていた。内部の関係者の証言も取っている。

松井の兄の死後、ボディービル協会は薬物禁止運動の先頭に立ち、業界の中で、イニシアティブを握った。

同時に、製薬会社など、名誉と権力に群がる連中から大金が転がり込み、協会内の一部の人間たちが、私腹を肥やしていた。

ひどい話だ。松井の言っていたように、彼女の兄は、利権を得るための道具として殺されたようなものだった。

工藤は、殺しの算段を考えながら、素っ裸で筋肉トレーニングを始めた。

ソファベッドに足をかけ、腕立て伏せを繰り返す。浮かんだ汗が、背中の筋に沿って流れ落ちる。盛り上がった筋肉が濡れ光り、肉体に迫力を与えている。

一度始めたトレーニングは、何時間経っても終わることがなかった。どこまで続けるつもりなのか、自分でもわからない。けれど、体を動かさずにはいられなかった。

殺しの段取りを考え出したとたん、トレーニングセンターでの光景がよみがえってきた。

工藤にとって、横浜での二カ月は、悪夢だった。

飛び散る鮮血。抉《えぐ》られた肉。砕けた骨。垂れ落ちる目玉、裂ける指——。凄惨な光景が、グルグルと脳裏を巡る。

窓の外は、暗くなっていた。腕立てを続けながら、横目で壁掛け時計を見上げる。

その時、玄関のチャイムが鳴った。

工藤は、スエット地の黒いハーフパンツを穿き、壁についたインターホンの受話器を取った。

「誰だ」

――私よ。

朱里の声だった。

「開いてる」

工藤はそれだけ言うと、床に放り投げていたバスタオルを取り、全身の汗を拭いながら、ソファに腰掛けた。

まもなく、朱里が現われた。真っ赤なタンクトップワンピースを着て、上に同色のジャケットを羽織っている。その色が血を連想させる。工藤は目を固く閉じ、頭を小さく振った。

「トレーニングしてたの？」

「まあな」

工藤が言う。

朱里は、じろじろと工藤の肉体を見ながら、ファッションチェアをつかみ、尻を乗せて、足を組んだ。

「ずいぶん、イメージが変わったわね」

「変えたのは、おまえたちだろ」

工藤が、朱里を見据える。

朱里はゾクリとした。横浜へ送った時の工藤にはなかった凄みがにじんでいる。見る者を闇に飲み込むような不気味な眼だった。

朱里は動揺を悟られないように、平静を装った。

「会長に聞いたわ。仕事の打ち合わせをしましょう」

「必要ない。もう、計画は立ててある」

「私と一緒にという条件だったはずよ。共に行動する以上、私の意見も――」

「いらない。僕がすべてを指示する。おまえは、僕の指示に従って行動すればいい」

「なんですって！」

朱里が思わず声を上げる。

「やるか？」

工藤は、背もたれに頭を預け、朱里を見据えた。朱里も睨み返す。朱里のこめかみに、汗が浮かぶ。

「あんたなんか、殺ろうと思えば、いつでも殺れるんだよ……」

「殺るなら、殺ってくれ。僕はかまわない。いつまでも生きているつもりはない」

工藤が言う。張りつめた空気が流れる。朱里は、その緊張感に堪えきれなくなり、視線を逸らした。

「どう動くつもり？」

「一週間後に行なわれるＡＪＢＡ主催のエキシビジョンマッチ会場で、三人まとめて、撃ち殺す。さっき会場の見取り図とイベント内容を取り寄せた」

工藤は、エキシビジョンマッチに関する資料のコピーをテーブルに置いた。

「ずいぶん、迅速な動きね」

朱里が、テーブルの見取り図を覗き込む。

「舞台の正面に、来賓席が設けてある。そこに、森尾と北嶋が座る。僕は、鹿原の出番が来たとき、彼らの前に回り込み、鹿原を殺したあと、二人を始末する」

「私はどこで待機するの？」

「外の駐車場だ。トランスにリモコン式の爆発物を仕掛けて、待機していてほしい。時が来たら、携帯を鳴らす。繋ぎっぱなしにして、僕が合図したら、スイッチを押してくれ」

「電源を落とすつもりね。けど、暗闇でどうやってターゲットを確認するつもり？」

「誰が暗闇の中で殺ると言った？　観衆が見ている前で、三人を撃ち殺す」

「それは、無謀じゃない？」

「殺した直後に、電源を落とす。舞台上の鹿原を撃ち殺し、来賓席の森尾と北嶋を殺すまで、約十秒。周りの人間には、それだけの時間しか、僕の姿は見えていない。人間の記憶は曖昧だ。しかも、人の死に直面することになる。より強烈なインパクトのある出来事を記憶してしまうだろう。殺された人間については覚えていても、殺した人間については何も覚えていないものだ」

工藤は言った。言葉の端々には、自信がみなぎっている。

工藤の自信がどこから来るのかわからないが、朱里は何も言い返せなかった。

「じゃあ、必要なものは私が用意するわ。あとは、お手並み拝見ということでいいわね」

「そうしてくれ」

2

「東東京代表、全日本選手権第三位の寺田さんです！」

会場にアナウンスが響く。席を埋めた観客たちから拍手がわき起こった。

会場は、エキシビジョンマッチということで、七百名程度の人数しか入れない中規模のフロアだったが、それでも席は埋め尽くされていた。

会場全体の明かりが落ち、ステージの袖にスポットが当たった。袖から、体にオイルを塗りたくった筋肉マンが現われる。

黒いビキニ一枚で、舞台中央に立った寺田は、わざとらしい笑顔を振りまきながら、ポーズを取って、筋肉を見せつけていた。

工藤は、会場の左端の席に座っていた。

黒い上下のスエットに身を包んでいた。他の会場なら目立って仕方ないかもしれない。だが、ボディビルダーがそろう会場では、ジャージやスエット姿の男女も多く、かえって目立たなかった。

工藤は、手元のプログラムに視線を落とした。

次か……。

二時間にも及んだエキシビジョンマッチも、寺田のあとに登場する鹿原の演技で終わる。

工藤は、チラッと最前列中央の席を見た。三〇メートルぐらい離れた来賓席には、森尾と北嶋が並んで座っていた。

工藤は、舞台を見ながら、携帯電話を取りだした。リダイヤルボタンを押して、さりげなく耳に押し当てる。呼び出し音が三回鳴ったところで、相手が出た。

——もしもし。準備ＯＫよ。

朱里の声が返ってきたところで、工藤は携帯を繋いだまま、ポケットに戻した。

そして、腰の後ろに手を回す。工藤は、朱里に三八口径のリボルバーを二丁、用意させていた。

安定度が高く、扱いやすい。それでいて、殺傷力はある。工藤は、さらに確実に殺すため、弾頭がやわらかく、体の中で止まって弾け、内臓をぐちゃぐちゃに破壊するホローポイント弾を仕込んでいた。

サイレンサーは、つけていない。炸裂音もまた、会場にパニックを引き起こすいい小道具になるからだ。

寺田の演技が佳境へと入っていく。工藤は、立ち上がって、壁にもたれた。立ち見するフリをしながら、腰に挟んだリボルバーのグリップを握りしめ、ハンマーを起こした。

寺田の演技が終わる。会場に拍手がわき起こる。そして、その拍手が鳴りやまないうちに、アナウンスが聞こえてきた。

「本日最後の演技は、西東京代表、全日本チャンピオン、世界大会第三位の鹿原選手です！」

アナウンスの声に、拍手はひときわ大きくなった。

舞台袖に鹿原の姿が見えた。スポットライトが鹿原を照らす。鹿原は、客席に手を振りながら、ステージ中央へ歩き出した。

その歩調に合わせて、工藤も腰に手を回したまま、来賓席へ歩いていった。徐々に足取りが速くなる。

工藤は、通路を曲がり、最前列と舞台の間を目指した。

工藤の鼓動は、大きく弾んでいた。息づかいも荒くなっている。緊張感で、腕の筋も引きつりそうだ。が、何より、体中を駆けめぐる昂ぶりが心地よかった。

鹿原が、ステージ中央で立ち止まり、観客席に向けて大きく手を広げた。

工藤は、そのステージの前に躍り出た。鹿原が、工藤の方を見た。工藤は、右手に握ったリボルバーを引き抜いた。

鹿原の笑顔が凍り付く。それも一瞬だった。

乾いた銃声が、会場にこだました。鹿原の眉間に食い込んだ弾丸は、頭骨を砕いた。血がしぶき、脳みそが飛び出る。

工藤は、そのまま左の銃も抜き、振り返った。目の前に森尾と北嶋が並んでいた。二人とも、何が起こったのかとっさに理解できず、呆然としている。

工藤は、二人の眉間に銃口を押し当てた。そして、何も言わず、引き金を引いた。

二発の銃声が同時に響いた。森尾と北嶋の頭が同時に吹っ飛ぶ。血まみれの脳みそをかぶった女性が、ようやく事態に気づき、切り裂くような悲鳴を上げた。

その悲鳴をきっかけに、七百名の観客が騒ぎ始めた。

観客たちは、目の前で起こった殺人に震え、逃げまどう。我先にと出入口に殺到する人間たち。出入口付近では、将棋倒しになった人間が、折り重なっていた。

工藤は、左手の拳銃を腰に戻し、携帯電話を取りだした。

「朱里。爆破しろ」

工藤が言ってまもなく、会場の外で炸裂音が響いた。同時に、会場の明かりが落ちる。

暗闇の中で、群衆はますますパニックに陥っていた。

工藤は、ステージに上がり、通用口へ向かう人の群に混じって、外へ走った。警備員とすれ違う。しかし、警備員は工藤には気づかず、ステージへ走っていった。

工藤は何くわぬ顔で、表に出た。駐車場へ向かう。駐車場も、逃げまどう観客が右往左往していた。

朱里が濃紺のミニワゴンのそばに立っていた。工藤は、そのミニワゴンまで走り、助手席に乗り込んだ。

「ずいぶん派手にかましたもんね」

「出せよ」

工藤は、一言だけ言った。

朱里は、小さく首を振ると、アクセルを踏み込んで混乱する会場から離れていった。

3

翌朝。早くから小暮が工藤のマンションを訪れていた。

「警視庁の見解によると、犯行は拳銃を使い慣れたプロの犯行だと思われる——か。初仕事にしては、見事なものだな、工藤君」

小暮は、ソファに座って、新聞を見ながら、そう言った。

「わざと会場にパニックを起こさせて、人混みに紛れて脱出する策は考えるとしても、よほどの度胸と実力がなければ実行できない。まさに君の天職だな、殺し屋は」

「そんな天職ほしくないですよ」

工藤は、ニコリともせず、言った。

「まあ、そう言うな。これからも、よろしく頼むよ」

「そのことなんですけど。仕事は今回きりにしてもらえませんか」

「やめるというのか?」

「小暮スポーツのことも、横浜の養成所のことも口にするつもりはありません。このマンションも出ていきます」

「私から、離れるというのか」

「普通の暮らしに戻りたいんです。母と二人で、静かに暮らしたい。このままでは、僕はろくな人間に――」

「君はもう、殺人者なんだぞ」

小暮は、いきなり切り札を切ってきた。

「君は、養成所で人を殺している。昨日は三人の一般人を。君の計画に巻き込まれた観客にも負傷者が出ている。この事実を無視して、普通の生活に戻ると言いたいのかね」

小暮は、持っていた新聞をファッションチェアに腰掛けている工藤の足下に放ってよこした。

工藤は、足下の新聞を見つめた。一面に、会場での惨劇が大きく報じられている。工藤は目を閉じて、眉間に苦悩のシワを浮かべた。

「それでも、もう仕事は……」

「もう一つ、ぜひ君にやってもらいたい仕事がある」

小暮は、工藤の意向を無視して、言葉を続けた。

「君が適任者だ。その仕事を終えれば、後のことは検討してもかまわんが」

「ですが……」

「ターゲットは、イチマツ常務取締役・佐久本宗治《そうじ》」

「佐久本常務——」

工藤は、その名前を聞いて驚いた。

なぜ、佐久本常務が殺し屋なんかに……。

確かに佐久本は評判が悪い。私欲のためには、人を利用することを何とも思わないような人間だ。といって、工藤のように会社を追われ、人生そのものを変えられた人物はそう多くはない。富井の娘も、怒りはあるだろうが、父が守ってくれた結婚後の今の生活を崩すようなことはしないはず。それに、佐久本を殺したいなら、とっくに依頼しているだろう。

いったい、誰が……。

「工藤君。普通、こういう個人的な遺恨のある人物に関しては、いくらプロとはいえ仕事に関わらせないのが我々の常識だ。しかし、今回は特別に君の手で処理することを認める」

「依頼主は誰ですか？」

「それは言えない。知らない方がいい」

「……仮に、僕が殺らなかったとしても、誰かが殺るということですか？」

「そうなるな。これは正式なエージェントを通した依頼だからな」

小暮は言った。

「……いつですか？」

「引き受けるのかね。いったん引き受けた以上、キャンセルはできない。任務を遂行できないということは、君の死を意味する」

「わかっています」

「決行は、三日後。エージェントが神楽坂《かぐらざか》の料亭に呼び出している。そこを狙ってほしいというクライアントの要望だ。細かい資料は、朱里に届けさせる。今回も、彼女と組んでもらいたい」

「わかりました」

「報酬は百万。例によって、君の取り分は六割だ。成功を祈る」

小暮は、そう言い残して、マンションを出た。

引き受けたものの、工藤の胸中は複雑だった。

佐久本に恨みがないと言えば嘘になる。といって、今となっては殺したいほど憎んでいるわけでもない。

しかし、他の仲間に殺られると知りながら、黙ってもいられなかった。

どうせ、殺される運命なら、僕の手で……。

それにしても、誰が依頼人かは知らないが、殺しの依頼とはまともじゃない。

イチマツで、何が起こってるんだ……。

自分にはもう関係ないと思いながらも、工藤はじっとしていられず、マンションを飛び出した。

4

聖林医大付属病院の薄暗い廊下に、工藤は立っていた。殺し屋となった今、母と再会するのは辛かった。が、同時に母の顔を見たい気持ちは抑えられなかったのだ。

工藤は恐る恐る病室のドアをノックした。

「はい」

若い女性の声が聞こえた。すぐ、ドアが開く。顔を出したのは、亜香里だった。

「雅彦さん！」

亜香里は、大きな目をさらに見開いた。その瞳には、早くも涙が浮かんでいる。

「来てくれたのか……」

「うん……入って」

亜香里は、今にも泣き出しそうな顔に笑みを浮かべ、工藤の手を引いた。

亜香里に引きずられるようにして、病室へ入っていく。

「雅彦……」

君枝は、息子の姿を見て、目を潤ませ起きあがろうとした。亜香里が小走りで駆け寄って、背中を支えて体を起こさせ、腰に枕を添える。

工藤は、母親の横に立って、手を握った。

「ただいま」

工藤の言葉に、君枝は手を握り返して何度もうなずくことしかできなかった。

「雅彦さん。なんだか、たくましくなったわね」

亜香里が、目尻の涙を拭いながら話しかけてくる。

「今、スポーツ関係の仕事をしてるんだ」

「仕事、見つかったの？」

「ああ。その研修で、しばらくいなかっただけなんだ」

「本当なのかい？」

君枝が工藤を見つめて、訊いた。

工藤は、無理に笑顔を浮かべて、

「本当だよ。こうして戻ってきたのが、何よりの証拠さ。母さんは、心配性が過ぎるんだよ」

「そんな言い方しちゃダメ。本当に、雅彦さんのことを心配してたんだから。お母さんも……私も」

亜香里が工藤を軽く睨む。

「……ありがとう」

工藤は目を閉じて、うつむいた。涙が出そうだった。

自分のことを心配してくれる人がいる。自分を愛してくれる人がいる。そんな人たちを裏切っている自分が、心苦しい。

工藤は、大きく息をついて、顔を上げ、笑みを浮かべた。

「じゃあ、母さん。また、来るよ」

「もう、行くのかい？」

「そんな淋しそうな顔をしないで。またすぐ、会いに来るから」

工藤は君枝の手の甲を軽く叩くと、握っていた手を離した。

「亜香里。ちょっと、いいか」

「うん……。お母さん、待っててくださいね」

亜香里は言うと、工藤のあとについて、病室を出た。

工藤と亜香里は、エレベーターホールに出て、長イスに座った。

「久しぶりね」

「そうだな……」

「ありがとう」

「歌舞伎町の事件、雅彦さんじゃないって、信じてたよ、私」

そうは言うものの、工藤の心は重い。真実は違うのだから――。

「佐久本部長のことは、警察沙汰《ざた》にはならなかったわ。絶対に外部にもれないように、社員一同に箝口令《かんこうれい》が敷かれたのよ」

佐久本の名前を聞いて、工藤のこめかみが、ピクッとした。

「君はまだイチマツに勤めてるのか？」

「私は辞めようとしたんだけど、引き留められたのよ。庶務に異動になったけど」

なものはないか?」

「そうか……。つまらないことを訊くようだけど、今、イチマツの内部でトラブルみたい

「どうして?」

「ちょっと、営業に行った先で、イチマツに内紛があるという噂を聞いたもんでな」

「ゴタゴタというほどのことはないけど、佐久本常務長は次期社長になれないって、噂が巡ってるわよ」

「常務が?」

聞き返した工藤に、亜香里がうなずいた。

「強引なリストラ策がうまくいってなくて、失敗したようだわ。富井さんの自殺や雅彦さんのことをきっかけに、リストラ部屋もなくなったの。それに、佐久本常務のリストラ策でクビ切り対象にされた人たちが組合を結成しちゃって、猛反発してる。それを見て、常務についてた役員たちも離れ始めたって話よ」

「事実上の失脚ってことか……」

佐久本の力が弱まっているなら、何も殺すことはない。亜香里の話からすれば、佐久本は放っておいても失脚する。

この期に及んで、わざわざ殺そうとしているヤツというのは、誰なんだ……。

「雅彦さん。雅彦さん！」

「あ、ああ」

「どうかしたの？　思いつめたような顔をして」

「何でもないよ、亜香里。また、僕も忙しくなる。顔を出せないと思うから、母さんのこと、よろしく頼むよ」

工藤は笑顔で言い、立ち上がろうとした。

亜香里は、工藤の首にしがみついた。そして、口唇を重ねる。亜香里は口唇を離した後も、そのまま工藤にしがみついて、額を肩口に押し当てた。

「もう、私の前から、消えないで……」

「わかってる……」

工藤は、亜香里の頭を撫でながら思った。

やはり、この仕事を最後に、殺し屋なんて仕事は辞めよう——と。

夕方。マンションに戻ると、朱里がイラついた様子で、工藤を待っていた。

「どこに行ってたのよ」

「ちょっと……な」

「勝手な行動しないでね、仕事前は」

朱里が、ソファにもたれながら、工藤を睨みあげた。

工藤は、肩をすくめた。クローゼットにスーツの上着を引っかけ、ファッションチェアに腰掛ける。

朱里はテーブルに置いてあったノートパソコンを開き、スイッチを入れた。

すぐ、画面が現われる。そこには、料亭の平面図が映っている。

「場所は『霞《かすみ》』という料亭。老舗《しにせ》の料亭だから、敷地は広いわ」

「で、佐久本はここのどこにいる？」

「ターゲットは『西の間』という一番奥の部屋にいるわ。私たちは客を装って、この隣の『花鳥の間』で待機するの」

「エージェントというのは？」

「私たちの仲間だけど、表では企業の重役をやってる人よ。今回はエージェントも同席するのよ」

「いろんな仲間がいるんだな」

「そりゃそうよ。人を殺すのって、簡単じゃないからね」

「しかし、エージェントも一緒なら、僕一人でかまわないだろ。相手は佐久本一人だ」

「私は、エージェントとの仲立ちと不測の事態要員。心配しなくても、あなたの仕事の邪魔はしないわ」

朱里は、サラッと言うと、

「今回は、銃はなし。武器はナイフだけ。実行は、エージェントが会計をすませている間の二、三分のうちに済ませなくてはならないわ。私は、『花鳥の間』で待機してる。終わったら、部屋へ戻ってきて。遅いときは、不測の事態と見なして、私が踏み込むことになるわ」

「わかった」

「ずいぶん素直ね。恨みを晴らせるのがうれしいわけ？」

朱里が顔を上げて、工藤を見た。

「そんなのじゃない」

工藤が朱里を睨む。朱里は疑うような目を返した。

「じゃあ、そういう計画で。現地下見はなし。一発勝負よ」

朱里が言う。工藤は、深くうなずいた。

5

当日の午後七時。

工藤と朱里は、シックな色のスーツに身を包み、『霞』を訪れた。

「小暮スポーツの安西と申しますが」

「うかがっております。こちらへどうぞ」

着物を着た仲居が、笑顔で手招く。朱里が先に立って歩く。工藤はその後ろについた。

朱里も、プロなんだな……。

廊下を歩く朱里の姿を見て、工藤は思った。

いつもの派手さはなかった。髪をアップにして、グレーのスーツを着込んだ朱里は、どこから見ても、有能そうな会社員にしか見えなかった。それも、ガツガツと仕事をするタイプではなく、女性としての優しさを残しながら、仕事にも取り組んでいるタイプの女性会社員風情だ。

知らない人が見れば、家庭持ちとも思えるような雰囲気さえにじませていた。

この女が、まさか殺し屋とは思わないだろう——。

山水の庭を左手に見ながら、工藤と朱里は、建物の奥へと進んでいった。

「こちらでございます」

仲居は、襖《ふすま》の前で立ち止まり、膝をついた。

「安西様がお見えですが」

「通してくれ」

中から、太くてよく響く声が聞こえてきた。

仲居が、スッと引き戸を開ける。朱里は、微笑みながら会釈をした。さりげなく敷居を踏まないよう注意しながら、中へ入っていく。

そのへんのちょっとしたマナーを心得ているあたりも、朱里のプロぶりを感じさせる。

恰幅《かっぷく》のいい紳士がいた。背筋を伸ばして低い背もたれの座椅子に座っている姿は、どこか気品さえ感じさせる。白髪交じりの頭髪でさえ、いいアクセントだった。

朱里は、男の正面に座った。工藤が、朱里の隣に腰掛ける。

「ご無沙汰しております」

「相変わらず、美しいね。安西君は」

「まあ、ご冗談を。こちら、うちの新人の」

「工藤です。よろしくお願いします」

工藤は、サラリーマン時代のことを思い出し、なんとなく硬くなっていた。

「まあ、そう緊張しないで。一杯やりなさい」

紳士が、徳利を差し出す。

「いただきます」

朱里が、伏せてあった猪口《ちょこ》を差し出した。

仕事があるのに——と、工藤は思ったが、朱里が受けているのに、自分が受けないわけにもいかない。

工藤は、猪口を取り、燗を注いでもらった。

「私は、丸岸物産の新見《にいみ》だ。よろしく頼むよ」

男が言う。

工藤は驚きながら、熱燗を口に含んだ。

丸岸物産といえば、世界に支社を持つ日本有数の総合商社の一つだった。

そんな一流企業の重役が、なぜ殺し屋のエージェントなどやっているんだ……。

工藤の顔を見て、新見は意味ありげに微笑んだ。

「私たちの世界では、持ちつ持たれつでね。小暮会長の世話がなければ、困ることもあるのだよ」

新見の瞳に一瞬、鋭い光が走る。

そういうことか……。

工藤は、日本酒と共にツバを飲み込んだ。

朱里は付き出しをつまみ、口に運んだ。

「新見さん。お時間は？」

「五分だね」

「それだけあれば、充分です」

短い会話だった。が、工藤は、その言葉の中に薄ら寒いものを感じていた。

障子の向こうに、人影がよぎった。

来た――。

工藤は、人影に目を向けた。人影は、三つ。一つは仲居のものだとして、もう一つは……。

「相手は、複数いるぞ」

「一般人の二人ぐらい、なんてことないでしょ。五分もあれば、一人で充分なはず。それとも、手伝おうか？」

「一人でいい」

挑発するような朱里の言葉が、感情をいきり立たせる。工藤は、今にも腰を浮かしそうな勢いで、隣室側の壁を睨みつけていた。

すると、朱里が静かに言った。

「あせらないの。まだ、実行までには、時間があるんだから」

「そうだよ、工藤君。それまではゆっくり料理でも味わっていなさい。ここの懐石は、なかなかのものだよ」

新見が言う。

工藤は、殺しを前にして、平気な顔で食事をする二人の神経が信じられなかった。

たいした会話もないまま、時だけが過ぎていく。工藤たちが花鳥の間に入って、一時間半が経過していた。

「そろそろかね？」

「そうですね」

朱里は、残っていた酒を飲み干すと、盆に猪口を伏せて置いた。

それを見て、工藤の指先に緊張が走った。

新見が、テーブルの呼び鈴を鳴らした。少しして、仲居が現われる。

「お食事の方、もうよろしいでしょうか？」

「充分です。今までの分も含めて、チェックをお願いしたいのだが」

新見は、懐からゴールドカードを取り出した。

「かしこまりました」

仲居が両手でカードを押し戴《いただ》くようにして受け取り、部屋を出ていく。足音が遠ざかり、聞こえなくなる。

朱里が、立ち上がった。工藤も立ち上がる。ポケットに入れていたスチレットナイフをつかみだした。折り畳んでいた刃を剝き出して、グリップを握りしめる。

朱里は障子を少し開いて周りを見た。誰もいない。

「五分よ。それ以上かかったときは、私が出向く」

「終わらせるよ」

工藤は、そう言って、部屋を飛び出した。

廊下を滑るように走り、隣の襖戸の前に立つ。体が一つすり抜けるくらいだけ開き、そのまま部屋の中に入った。

「なんだね……き、君は！」

瞬間、佐久本の顔が強ばった。もう一つの影は、元の上司の岡部だった。

岡部の眼は、いち早く、工藤の手に握られているナイフをとらえていた。

「ひ、ひいいっ……」

引きつった悲鳴を上げて、表へ飛び出そうとする。工藤は、走ってきた岡部の顎先に、左手のひらを叩き込んだ。

下顎が砕けた。掌底を食らった岡部は、口から血液を吹き上げて仰向けに吹っ飛んだ。膳《ぜん》や屛風《びょうぶ》をなぎ倒す。

岡部は畳に仰向けたまま、目を剝いてヒクヒクと体を痙攣《けいれん》させていた。

佐久本が、立ち上がろうとした。が、腰を抜かし、踵をつきながら、ずるずると後退《あとじさ》った。

工藤は、佐久本の前に立ち、踵で膝を突いた。半月板が割れ、佐久本の動きが止まった。

工藤は、佐久本の喉にナイフの切っ先を突きつけた。

「く、工藤君……やめてくれ。悪かった。許してくれ……」

佐久本は、工藤の手元を見ながら、顔を引きつらせていた。

「許してあげたいとこですが、これも仕事なんでね」

「こ、殺し屋か！」

「そういうことです。常務に追い出されたおかげで、こんな稼業に入ってしまったんですよ」

「待ってくれ！　殺し屋なら、金はやる。私の仕事を――」

「それはできない」

工藤は言うなり、佐久本の喉仏にナイフを突き刺した。佐久本がメガネの下の両眼を見開く。

工藤は、縦に刺し込んだナイフの刃をクルッと横にひねり、傷口を開いた。背後に回り、佐久本の体を押し倒す。そして、ナイフを抜いた。

傷口から、鮮血が噴き出した。畳にみるみる血が溜まり、流れていく。工藤は、抜いたナイフを佐久本の項《うなじ》に当てた。そして、突き刺し、神経を切断した。

佐久本の体が、ヒクッと弾み、動かなくなった。その間、わずか一分もかかっていない。

「あ、あああ……」

声に気づき、ふと顔を向けた。

岡部はまだ、意識を失っていなかった。工藤の殺しを見て、歯をガチガチ鳴らしている。失禁したらしく、股間から水が流れていた。

工藤は、岡部の脇にすり寄って、喉仏にナイフを突きつけた。

「ひっ！」

「殺しを見られたからには、生かしておくわけにはいかないんですけどね、課長」

「ま、待て！　どういうことだ！　殺し屋は、エージェントを殺さないと聞いてたぞ！」

「エージェント？　誰が、エージェントなんだ？」

「佐久本常務だ。常務はずっと、エージェントとして、殺し屋とクライアントの仲介業をしていた。私も手伝ったことがある。だから、間違いない！」

岡部は、必死に叫んだ。口から出まかせかと思った。が、普通の人間は、エージェントという呼び名を知らないはず。

「佐久本常務は、エージェントとしての経歴も長い。だから、君のことだって」

「僕のこと？　僕のこととはなんだ！」

工藤は、皮膚にナイフの刃を押しつけた。上から押しつけても、引かなければ切れない。

「君を会社から追い出して、殺し屋にするために、常務と私と彼女は――」

岡部が話していたとき、突然、襖が開いた。工藤は殺気を感じ、とっさに壁際へ飛び退いた。

岡部が顔を起こす。その眉間にナイフが突き刺さった。細くて、剝き出しの刃にテープを巻きつけただけの投げナイフだった。

工藤は振り返った。出入口には朱里が立っている。

「なぜ、殺した！」

「あんたこそ、何やってるの！　五分過ぎたわ。早く隣へ！」

朱里が、小声で叫んだ。

工藤は岡部のもとへ駆け寄った。首筋に手を当てる。朱里のナイフは、見事一撃で、岡部の命を奪っていた。

それでも、岡部の体を揺すり、声をかけた。

「僕を追い出すために、何をしたんだ！　彼女というのは誰なんだ！　課長、課長！」

「もう、死んでるわ！　早く！」

朱里は工藤の腕を引っ張った。が、工藤は頑として動かない。

「いいかげんにしなさいよ！」

朱里は、工藤の首筋に手刀を叩き込んだ。

岡部に気を取られていた工藤は、避けきれなかった。頸動脈《けいどうみゃく》の血流が一瞬途切れ、工藤の意識が飛ぶ。瞬時に、締め落とされた状態になる技だった。白目を剝いた工藤は、そのまま岡部の胸にうつぶせた。

朱里は、工藤の手元から落ちたナイフを拾い、岡部の眉間に刺さったナイフも抜き取った。工藤の体を引きずり、花鳥の間に戻る。

「どうした？」

工藤の様子を見て、新見が訊く。

「ちょっと手違いがありまして。でも、大丈夫です」

朱里は、額に汗を浮かべて微笑んだ。

それから一分も経たないうちに、仲居が戻ってきた。

「こちら様、どうされました？」

仲居が、畳で寝転がっている工藤を見て言った。

「酒が効いたみたいでね。酔い潰れてしまったんだよ」

言いながら、新見は、ゴールドカードを受け取り、伝票にサインをした。

「どうなさいますか？　お車、ご用意いたしましょうか」

「私の車がありますので」

朱里は涼しい顔をして、微笑んで見せた。

仲居は、怪訝《けげん》そうな顔を見せながらも、それ以上は訊いてこなかった。客のことを詮索《せんさく》しない。それが、料亭のルールでもある。

仲居が去ったあと、朱里は小さくため息をついた。

「すみませんでした。お気をつかわせてしまって」

「いいんだよ。それより、仕事の方は？」

「そちらは無事に」

「ならいい。長居は無用だ」

新見はゆっくり立ち上がった。寝そべったままの工藤を抱えようとする。

「新見さん。工藤は私が――」

「いいよ。私も最近、運動不足でね」

新見は微笑んで、工藤を抱えた。

6

佐久本たちの〝処分〟を終えてから、一カ月が経っていた。

その後、小暮からの仕事の依頼はない。料亭での一件で、殺し屋としての信用を落としたということなのだろうか。しかし、このまま依頼がないならないでいいと思っている。どちらにしても殺し屋など辞めようと思っていたところだ。

岡部が最後に残した言葉が、ずっと引っかかっていた。

佐久本がエージェント。その佐久本が自分を会社から追い出し、殺し屋にする手伝いをした。そのために、岡部も協力した。そして、〝彼女〟も――。

しかし、何のために……。

横浜のセンターで出会った松井や他の連中はみな、自ら殺し屋になるべく門を潜ってきたヤツばかり。殺し屋という存在すら信じていなかった自分をなぜ、わざわざ罠にはめるような方法で殺し屋に仕立てなければならなかったのか。

エージェントだった佐久本が殺されたのも、気になる。

岡部の言葉が真実ならば、工藤を追い込むために協力した佐久本をなぜ殺さなければならなかったのか。小暮は、佐久本殺しは正式な依頼だと言った。誰が佐久本を殺すよう頼んだのか。

そして、岡部が残した〝彼女〟という言葉……。

この一カ月、工藤の脳裏には、疑問ばかりが巡っていた。

工藤は、出窓を開いた。

冷たい風が吹き込んでくる。季節は、確実に冬へと向かっていた。

母さんは、大丈夫かな。

寒くなると、母親のことを思い出す。寒さは、心臓に負担をかける。工藤はいつも、寒い時期になると、母の体に気をつかっていた。

「少し、顔見てくるか……」

工藤は窓を閉めて、部屋を出た。

病院に着いた。君枝のいる個室へ向かう途中で、君枝の担当医とすれ違った。工藤は、軽く頭を下げた。

若い担当医だが、よく君枝のことを診てくれている。リムレスのメガネが知的で爽やかな印象を与える背の高い男だった。

「あ、工藤さん。ちょうどよかった。ちょっと、お話ししたいことがあるんですが、よろしいですか」

「はい……」

工藤は不安を抱きながら、担当医についていった。

担当医は面談室へ工藤を招き入れると、椅子に工藤を座らせた。担当医はカルテを取って、工藤の差し向かいに座った。

メガネを軽く押し上げ、深刻な面持ちで工藤を見る。

「工藤さん。お母様の容態なんですが、ここ数日、かなり心臓の方が弱っています」

「どういうことですか。ハッキリ言ってください」

担当医は、カルテに視線を落とし、再び顔を上げて、工藤を見つめた。

「このままだと、もってあと一月です」

「方法はないんですか？」

「衰弱が激しくて、心臓の移植手術は無理でしょう。人工心臓を使って生命を維持することもできますが、そうなるとほぼ一生、入院生活ということになります。どちらにしても、お母様の行きたい場所やどこかに出かけられるなら、今しかないと思います」

担当医は言った。

「わかりました。先生、ハッキリ言ってくれて、ありがとうございました」

工藤は、座ったまま深く頭を下げた。


工藤は面談室を出たその足で、君枝の個室へ向かった。

勤務時間中だから、亜香里もまだ来ていない。工藤はベッドの横に座り、じっと君枝の寝顔を見つめた。

担当医が言うように、確かに母の容態は悪そうだった。顔は、ひと回り小さくなっていた。目の周りのクマも取れないようだ。呼吸も弱々しい。

何よりも生きようとする精気が感じられなかった。ここ数カ月、人の生死に触れてきたせいで、皮肉にも死にゆく者の雰囲気だけは手に取るようにわかる。

その空気が今、君枝から漂っている。

「母さん……」

工藤は、たまらず顔を伏せた。

君枝との想い出がよみがえる。働き詰めで、いつも疲れていた君枝だったが、工藤の前では、笑顔を絶やさなかった。忙しい合間を縫って、近くの公園でピクニックまがいのことをしてくれたこともあった。工藤の入社が決まったときは、無理してスーツを設えてくれた。

「おまえの成長だけが、母さんと死んだ父さんの唯一の楽しみなんだよ」

君枝はいつも、眼を細めてそう言ってくれた。

母にはこれからもっともっと、自分の人生を楽しんでほしいと思っていた。そのための時間なら、いくらでも割きたい。そう思っていた。

すべては、これから。これからだったのに……。

工藤は、下唇を嚙んで、腿に置いた拳を握りしめた。

ふと気配を感じて、顔を上げる。いつのまにか目を覚ましていた君枝が、工藤の顔をじっと見つめていた。

工藤はあわてて横を向き、にじんだ涙を拭って、笑顔を作り、君枝の方を向いた。

「雅彦」

「なんだい、母さん」

「私はもう、長くないんだろ」

「何言ってんだよ。自分で決めるもんじゃないよ、そういうのは――」

「わかるよ。おまえは、小さい頃から、何かあると顔に出る方だった。今の仕事のことだって、私を安心させようと思って、本当のことを言ってないだろう」

「そんなことないよ」

「もう、三十年以上、おまえを見てきたんだよ。おまえのことは、誰よりも知ってる。隠さなくていい。正直に言ってみなさい」

君枝は、まっすぐ工藤を見つめてきた。

精気はない。けれど、別のものを感じる。一人の息子を産み、育ててきた母としての強さだろうか。

工藤は、迷った。本当のことを告げるのが一番だと思う。けれど、母を前にすると、どうしても言葉が見つからない。

工藤は、母の視線に堪えられず、顔を背けた。すると、君枝はふっと微笑んだ。

「おまえは、優しいね。そういうところは、父さんにそっくりだよ。雅彦。母さんね、どうしても行きたいところがあるの」

「行きたいところ？　どこだい」

「父さんと母さんしか知らない場所。母さんをそこへ連れていってくれないかしら」

「いいよ。どこでも連れていってあげるよ。明日、外出許可を取って――」

「せっかくだから、今から行きたいね。今日は、天気もいいようだし」

君枝は、首を傾けて窓の外を見た。少し肌寒いが、空には雲一つない快晴だった。

「わかった。すぐ、外出許可をもらってくるよ」

工藤は言って、病室から駆け出した。

7

「そこを曲がって」

君枝に言われ、舗装道路から外れて細い山道に入った。タイヤが砂利を弾き飛ばしながら、斜面を登っていく。

少し進むと、道幅が狭くなり、車が進めなくなった。

君枝が言う。工藤は、道の突き当たりで車を停めた。君枝が先に車を降りる。工藤も車を降り、ドアをロックした。

「母さん、車椅子を」

「いいよ。大丈夫」

君枝は杖を出した。余命一ヶ月の病人とは思えない足取りで歩きだす。

工藤は、君枝に言われるまま、茨城県の大洗《おおあらい》に来ていた。大洗海岸にほど近い海辺の町。眼下には、海と見紛うほど大きい涸沼《ひぬま》という沼が見える。

観光地でもない淋しげな場所。生い茂る木々は紅く色づき、山道には、枯れ葉の絨毯《じゅうたん》が敷き詰められている。

君枝は、杖をつき、時折止まって休みながら細い道を歩いて上った。

「母さん、どこまで行くつもりだい?」

工藤は、後ろを歩きながら訊いた。が、君枝は何も答えず、巻きつけたショールをしっかりと握り、背を少し丸めて、ひたすら自力で上っていった。

五分ぐらい歩いただろうか。目の前に空間が広がった。そこには、寺のような建物と墓地があった。

人のいない破れ寺《や》らしい。まだ陽は高いのに、なんとなく薄暗くて気持ち悪い。門戸は、留め金が壊れて傾き、墓石には苔が張りつき、倒れかけていた。

こんなところに、いったい何が……。

周りを見ながら、ついていく。君枝は、墓石の間を縫って奥へ進み、一つの墓の前で立ち止まった。

楕円形の墓石を立てた小さな墓だった。何か彫られているようだが、びっしりと苔むしていて、文字が読めない。

君枝は、その苔を手で払い始めた。

「僕がするよ」

工藤は、君枝の脇から前に出て、苔をむしり取った。少しずつ、墓碑の文字が見えてくる。その文字を見つめる工藤の眼が、みるみる大きくなってきた。

何なんだ、この墓は……？

苔をむしる工藤の手が早くなってきた。文字がハッキリ見えてきた。間違いない。

工藤家之墓――と、彫られている。

工藤は、さらに苔をむしった。墓石の裏には、短い縦線がいくつも刻まれていた。死去した年は書いていない。質素で、奇妙な墓だった。

墓石の下の方の苔を払っていた工藤は、振り返って君枝の顔を見上げた。

「母さん、これは……」

「父さんの墓よ」

「えっ？　父さんの墓は多摩の霊園に——」

「あれは、周りの人たちに見せるためのお墓。でも、こっちが本当の父さんの墓なの。その墓石の字はね。父さんが生きてるときに自分で彫ったのよ」

「父さんが、自分で……」

工藤は、まじまじと墓石の文字を見つめた。荒削りだが、力強く彫り込まれた文字だった。

「母さん。墓石の裏に刻まれている縦筋は、何なの？」

「父さんが殺した人の数よ」

「えっ！」

工藤は、驚いた。縦筋の数は、十や二十ではない。両手足の指でも足りないほどの数だ。父は、平凡なトラック運転手と聞いていたが……。事故でも起こしたのだろうか。そういう話は、聞いたことないが……。

「やっぱり、あなたは父さんの子。父さんと同じニオイを持ってる」

「父さんと同じニオイ？」

「そう。父さんはね、殺し屋だったのよ」

「なんだって！」

工藤は立ち上がって、墓石を見据えた。

「この町は、父さんが生まれた場所なの。けれど、あの人の母親は、父さんの命と引き替えに死んで、あなたのお祖父さんに当たる人は、死んだ妻を追って自殺した。それから父さんは、親戚じゅうをたらい回しにされて、中学を卒業すると同時に、一人で生きる道を選んだ。そう、父さんには聞いたわ」

君枝はゆっくりと思い出すように語る。

知らなかった。父の記憶は薄いが、優しくてたくましい父親の印象しかなかった。

「そんな父さんが流れて行き着いたのが、殺し屋の世界。父さんと知り合ったのは、母さんが風俗で働いていた頃なのよ」

「母さんが……風俗？」

「そうよ。私も父さんと似たような境遇でね。一人で生きていくために、体を売っていたの。夜の商売に身を落とすとヒモがついてくるの。このヒモ男が、どうしようもない男でね。母さんは何度も逃げようとしたけど、できなかった。そんなときよ。父さんが、誰かの依頼を受けて、そいつを殺しに来たのは」

君枝は、大きく息をついた。体がだるいのだろう。服が汚れることも気にせず、その場にしゃがみ込んだ。

「私が押し込められていたマンションに、風のように入ってきた父さんは、彼に銃口を向けると、ためらいもなく眉間を撃ち抜いた。男の頭蓋骨が砕けて、血と脳みそが飛び散った。私は、彼の血を浴びて、真っ赤になってた。でも、怖くはなかった。その時の母さんには、突然現われて、彼を撃ち殺してくれた父さんが、神様に見えたのよ」

君枝は、話し続けた。死を前にして、胸の奥にあったものを全部、吐き出したかったのだろう。一方、工藤は耳を塞ぎたい気分だった。

「殺人を見られた父さんは、私にも銃口を向けた。でも、撃たなかった。あとで父さんにその理由を聞いたら、母さんが笑ってたかららしい。母さんは、目の前で人が殺された恐怖より、地獄から救い出されることの歓びを感じてたの。父さんは、私を連れて、自分のアパートへ連れていった。何をするわけでもなく、ただ置いてくれていた。私は、いつしか父さんの身の回りの世話をするようになってた。そして、結婚した――」

君枝は、何度も息をついていた。けれど、話すことをやめない。

「二年後に、子供ができた。あなたよ。あなたがお腹に宿ったことを知って、父さんも殺しをやめたの。そして、その墓碑を彫り始めた。父さんにとって、お墓の縦筋を彫ることは、過去に殺してきた人たちへの償いだったのね。私もそれがいいと思った。けど、一度踏み込んだ世界からは、なかなか抜けられなくてね。仕方なく請け負う仕事もあった。そして、あなたが五歳の時、ある同業者を殺す依頼を受けて、帰らぬ人に……」

君枝は、当時のことを思い出し、口唇を嚙みしめた。

「お墓の縦筋を彫りだした頃、父さん、よく言ってたわ。『オレとおまえの家は、ここだ。最後はここに来ればいい。オレが待ってる』ってね。うれしかった」

君枝は墓石を見て目を細め、いとおしそうに微笑んだ。そして、目線を工藤に向けた。

「あなたが、殺し屋になるなんて、思ってもみなかった」

「母さん。僕は――」

「もう、隠す必要はないのよ。母さんにはわかるの。ニオイでね。それに、責めてるわけじゃない。できれば、そんな仕事はさせたくなかったけど、それも仕方ない。父さんの息子だから」

君枝は言った。工藤は、どういう顔をしていいのか、わからなかった。

「父さんもね、わかってたのよ。自分がどういうものかと。だから、いつも言ってた。息子にだけは同じ道を歩ませたくないと。でももし、あなたが同じ稼業に手を染めるようなことがあれば、渡してほしいものがあると」

「渡してほしいもの？」

「墓石を倒してごらんなさい」

君枝は言った。

工藤は、おそるおそる墓石に手をかけた。ゆっくり墓碑を倒す。土台の中央に、穴が空いている。

「中の骨壺を出して、開けてみなさい」

君枝が言う。言われるまま、素焼きの骨壺を取り出した。上蓋を取ってみる。入っているはずの骨はない。代わりに黒ずんだ紙に包まれた何かが入っていた。

工藤は包みを手に取った。ずしりと重い。顔色がみるみる青ざめていく。

「拳銃？」

工藤は、包みを取りだして、幾重にも巻かれた油紙を取ってみた。

「これは……」

出てきたのは、リボルバーだった。大きさから見て、44マグナムだ。スチールのボディは真紅のラメで彩られていた。

「それが、父さんの仕事の時に使っていた銃。ルガー・レッドホークよ」

「レッドホーク――」

「そう。それが父さんのトレードマーク。父さんは、殺し屋の世界で〝紅い鷹〟と呼ばれてたの……！」

話している途中で、君枝が胸を押さえて呻いた。

「母さん！」

工藤は、うずくまる君枝の体をつかんだ。君枝は、工藤の腕をつかみ、喉をひゅーひゅー鳴らしながら、息を整えた。

「大丈夫かい！」

「ああ……」

「そろそろ戻ろう」

工藤は、レッドホークを腰に挟み、君枝の前にしゃがんだ。

「背中に乗って」

「大丈夫よ。歩けるから」

「いいから、乗って」

工藤は、君枝の腕を取って首に巻きつけさせ、おぶった。

君枝は軽かった。からっぽのリュックを背負っているようだ。その軽さが、工藤には悲しい。

「雅彦に背負ってもらうのは、二度目ね」

「一度目は母さんが、スーパーの倉庫で足をケガしたとき。僕は高校生だったよね」

「知らない間に、ずいぶんたくましくなったのね。父さんの背中に似てるわ」

君枝は、胸を背中にあずけてきた。痩せたせいか、肋骨《ろっこつ》や鎖骨が当たって痛い。

「雅彦。母さんはもう思い残すことないわ。安心して、父さんのところへ行ける。母さんが死んだら、ここのお墓に骨を埋めてちょうだい。多摩に置いてきた父さんのお骨と一緒に」

「バカ言わないで。まだまだ、母さんがいてくれないと」

工藤は、込み上げてくるものを抑えながら、明るい声を作って言った。

母の匂いを感じながら、工藤はゆっくり山道を下りていった。二人だけの時間を持てるのは、今日が最後だろう。そう思うと、たまらない。それでも、涙だけは見せたくない。

助手席のドアを開け、母を背中から下ろす。君枝は、自分の役目を終えたからなのか、ますます小さくなったように見えた。

工藤は運転席に乗り込んでシートベルトをかけ、キーを差し込み回してエンジンをかけた。本当は、もっと二人でいたい。このまま、旅行にでも連れていってあげたい。だが、母の体力はもうもたないだろう。

車をバックさせ、舗装された道路に戻る。

「雅彦。もう一つ、言っておかなくちゃいけないことがあるの」

「何？」

これ以上、何があるのかと思う。けれど、もう何を聞かされても驚かないような気がした。

「亜香里さんのことだけど」

「亜香里がどうかしたの？」

「彼女には、なぜか昔の私と同じニオイを感じるの」

「亜香里に？　だって、亜香里は普通の家庭の子だよ」

「本当にそうなの？」

「それは母さんの勘違いだよ。亜香里の家にも行ったことはある。どこにでもある普通の家庭だよ。そうだ。母さんにはまだ、亜香里の家族を紹介してなかったよね。今から行ってみようか」

「いいわよ。こんなみすぼらしい格好なのに……」

君枝は、自分の服装を見て言った。

「大丈夫。せっかく、出かけたついでだから寄っていこう。温かくて、いい人たちばかりだから。母さんもきっと気に入るよ」

工藤はそう言って、亜香里の家を目指した。

亜香里の家は高円寺《こうえんじ》にあった。環状七号線を右に折れ、住宅街の狭い道に入っていく。ごちゃごちゃと家が建ち並んでいるせいか、目的地がわかりにくい。

工藤は記憶をたどって、亜香里の家を探した。

周りには普通の一軒家もあるが、デザインハウスのような家やマンションも多い。薄暗くなってきた街並みを見ながら、目印にしていた公園や建物を探していく。

と、目印にしていた三角屋根の白い一軒家が見えた。

「もうすぐだから」

工藤は、君枝に微笑みかけ、アクセルを踏み込んだ。三角屋根の家の隣にある古びた木造の二階建て。懐かしい匂のする一軒家が亜香里の家だった。

が……。

「あれ……？」

工藤は、白い家の隣を見て、つぶやいた。

「おかしいな……」

「どうしたの？」

「間違ったかな」

工藤は、その区画をゆっくりと一周してみた。見覚えのある街並み、家、公園。番地は間違っていない。しかし、亜香里の家があるはずの場所は、空き地になっていた。

工藤は白い家の手前に車を停め、エンジンをかけたまま車を下りた。

「母さん、ちょっと待ってて」

工藤はドアを閉めて、空き地のほうへ向かった。周りの風景を何度も見回すが、どう見ても、以前訪れた亜香里の家があった場所だった。

しかし、空き地には雑草が生えている。敷地を仕切る杭も有刺鉄線も、古びたものだった。有刺鉄線に、不動産屋の看板がかけられていた。

工藤は携帯を取りだし、その不動産屋に電話してみた。数回コールが鳴り、電話口に人が出る。

——はい。

無愛想な男の声だった。

「すみません。高円寺南にある空き地のことについてお聞きしたいんですけど」

――番地は？

男に聞かれ、工藤は看板に書かれてある住所と物件番号を読み上げた。

――何を聞きたいんだい。

「ここに、家があったはずなんですが」

――ああ、あったよ。半年前までね。

「半年前まで？　ここに住んでらっしゃった川瀬さんという方は」

――川瀬？

男は尻上がりの声を出した。電話の向こうで、台帳をめくっている音が聞こえる。

――そんな人は住んじゃいないよ。そこは一人暮らしの婆さんが住んでて、婆さんが死んだあとは、ずっと空き家になってた。

「お婆さんが一人？　川瀬という人じゃないんですか？」

――だから、違うって。安田という婆さんだよ。冷やかしなら、やめてくれ。

男は、不機嫌そうな声で言うと、電話を切った。ツー、ツーと、切断された無機質な音だけが、携帯から響いてくる。

どういうことなんだ……。

工藤は、携帯を握ったまま、雑草の生えた空き地を呆然と見つめた。

第五章　死の淵へ

1

病院へ戻る頃には、外はもう暗くなっていた。

「雅彦、何かあったんじゃないの？」

「なんでもないよ……」

工藤は微笑んで、車を停めた。

懐に挟んだ拳銃を、ダッシュボードに入れようとする。

「雅彦。それは手放してはダメ。あなたのお守りよ。いつも持ってなさい」

君枝が強い口調で言う。工藤は母の言うとおり、見えないように拳銃を腰に挟み、上からシャツをかぶせた。

車から降り、助手席に回った。降りようとする母の手を握る。

「本当に、なんでもないんだね？」

君枝は、工藤の顔を見上げて訊いた。

「なんでもないって」

工藤はそう言って、笑った。しかし、母の視線が外れると、その笑みもスッと消えた。

君枝には、場所を間違えてしまったらしいとしか言わなかった。心配はかけたくない。

だが、疑問符ばかりが脳裏を巡り、車中でも、つい無口になってしまった。その様子を見て、君枝は心配しているようだった。

母と共に病室へ戻った。一緒についてきた看護師が、君枝をベッドに寝かせていると、ドアが開いた。

「雅彦さん、帰ってきたの？」

亜香里の声だった。一瞬、工藤の眉間に険しい縦ジワが立つ。

「すまなかったな。何も言わずに出かけてて。来てくれたんだろ、今日も」

「うん。でも、たまの外出だし。私のことは気にしないで」

亜香里が、いつもと変わらない笑顔を見せる。

それを見る工藤の胸中は、複雑だった。

この笑顔は作りものなのか……？

看護師は、君枝に脈拍計のコードや点滴の管を薬液パックにつなぎ、部屋を出ていった。

亜香里がベッドサイドに歩み寄り、スツールに腰掛けた。

「お母さん、どこへ行ってきたんですか？」

「お墓参りに連れていってもらったの」

「じゃあ、多摩まで？」

「いいえ。茨城までよ。そこが、本当の父さんのお墓なの」

君枝がそう答えた瞬間だった。ピリッとした空気が、三人の間に走った。

工藤は、その気配を見逃さなかった。

誰のものだ。自分じゃない。母も穏やかな顔をしている。

工藤の眼は亜香里に向いた。

まさか……。

「そんなところにお墓があったなんて、知らなかったわ。ねえ、雅彦さん」

亜香里が大きい声で言い、振り向いた。

「おまえ……！」

工藤は顔を強ばらせた。

優しくつぶらな亜香里の瞳が吊り上がっていた。手にはナイフが握られている。細長く、グリップがないところをみると、袖口に仕込むナイフのようだ。そのナイフの刃は、君枝の喉元に押し当てられていた。

亜香里は工藤を見つめながら、空いた右手で胸元のブローチをつかんだ。君枝の脈拍が一瞬激しく揺らぐ。

「いいわよ」

亜香里がブローチ型の隠しマイクに言うと、背後のドアが開いた。

複数の鋭い殺気を感じる。工藤は、振り返ろうとした。

「動かないで。殺すわよ」

亜香里の声が響く。工藤は、体の動きを止め、首だけ傾けて、背後を見た。瞬間、両眼を大きく見開いた。

「川瀬さん！」

立っていたのは、亜香里の父だった。亜香里の母親の顔もある。そして、妹の沙織の顔も見える。

「どういうことだ」

「私たちは、家族でもなんでもない赤の他人。そして、あなたと同じ殺し屋よ」

「なんだって！」

工藤は、驚きを隠せなかった。この世界に入り、いろんなヤツに会ってきた。だが、亜香里にも亜香里の家族にも、そんなニオイはなかった。

「あなたを騙すために、家族ごっこをしてただけ。私に黙って高円寺の家へ行ったりしなければ、もう少し家族ごっこを楽しんであげたのに」

「だから、言ったでしょ。私と同じニオイがするって」

君枝が言った。亜香里が、こめかみをヒクリとさせて君枝を睨む。工藤には一度として見せたことのない、陰湿な表情だった。

「亜香里さん。雅彦はね、本当にあなたのことを愛してた。だから、裏社会を歩いてきた人間につきまとう独特のニオイも感じず、あなたを疑うことすらなかった」

「それが、どうしたと言うのよ」

亜香里が乱暴な口調で言う。今、目にしている女が、本当に亜香里なのか……と、見紛うほどの変貌ぶりだった。

しかし、君枝はおだやかな表情を崩さなかった。いつもと変わらない優しい瞳を、まっすぐ亜香里に向けている。

「亜香里さん。信じるというのはいいことよ。あなたに何があったかは知らないけど、一度は雅彦を信じようとしたはず。私にはわかる。あなたが雅彦を見つめていたときの目。あれは、私とあの人が、お互いを見つめていたときの目と同じ。あなたも、誰かを信じたいのよ」

「つまらない話をしてんじゃねえ！」

「あなたは、自分の運命から抜け出したいのよ。今なら間に合う。雅彦とだったら、それもできる。私とあの人が、そうしたように」

「うるさいわね！」

亜香里は、強くナイフの刃を押し当てた。

「亜香里！」

工藤は叫んだ。

「大声を出すな！　墓に何をしに行った。何かを取りに行ったんだろ。そいつを渡せ」

亜香里は工藤を見据えながら、言った。

背後の殺気がジリジリと迫ってくる。工藤の細胞の一粒一粒が煮えたぎってきた。しかし、母が人質に取られていては、動くに動けない。

「……渡せばいいんだな」

「雅彦、渡してはダメ！」

君枝が叫ぶ。

「持ってきたものはくれてやる。だから、おまえたちもおとなしくここから出ていけ」

「渡してはダメよ！」

「うるせえ、ババア！」

亜香里が怒鳴る。

「どこにある」

「腰に差してる」

工藤が言うと、亜香里は背後の人間に顎で指示をした。ゆっくりと一つの気配が近づいてくる。大きい気配だ。亜香里の父親だろう。工藤は両手を上げて、男が近づいてくるのを待った。

「雅彦！」

「母さん。拳銃なんて、いいじゃないか。僕は母さんと生きていければ、それでいいんだから」

「雅彦！　それは、父さんの魂。伝説の殺し屋の証よ。それを他人の手に渡してはいけないわ！」

「伝説なんて、どうでもいい。父さんもきっとわかってくれるよ」

男の気配が、至近距離に迫ってきた。亜香里は、男の動きを見ながら、笑みを浮かべている。

「亜香里。銃を取ったら、何もせず出ていけ。母さんを傷つけたら、おまえを殺す」

「わかってるわ。私も、そこまでするつもりはないから」

亜香里が、ふっと気を緩めた瞬間だった。

「渡しちゃダメよ！」

大声で叫んだ君枝が、いきなり亜香里の腕を取ると、自分の首にナイフを押し当て、首を横にずらした。

「母さん！」

喉に深い傷が刻まれた。パックリと開いた傷口から鮮血が噴き出す。

工藤は、君枝のもとに駆け寄ろうとした。その時、背後に強烈な殺気を感じた。男がナイフを突きだしてきた。

工藤は体を反転させると同時に、男の背後へ回り込み、右の手刀を後頭部に叩き込んだ。

男が目を剝いて、前のめりとなり、勢い余ってフロアに倒れていく。工藤はその顔面に、左の爪先を蹴りこんだ。

「うぐっ！」

鼻の骨が砕け、陥没する。顔面から、血がドッとあふれた。

亜香里の母と妹が、斜め左右から同時にナイフを振り下ろしてきた。工藤は深く身を屈め、前方へ転がった。一回転し、立ち上がると見せて横にはねた。

沙織が、手に持ったナイフを投げてきた。工藤は、彼女の動きを見切り、顔の右半分に右腕を立てカバーした。前腕にナイフが突き刺さる。すると、亜香里の母親が、右側から工藤の首筋に向かって、ナイフを突きだしてくる。

工藤は体をひねり、ナイフをかわすと同時に、左手で右腕に刺さったナイフを抜き取り、切っ先を亜香里の母親の首筋にねじ込んだ。

女の動きが、一瞬止まる。工藤はナイフをひねり、傷口を広げて引き抜いた。頸動脈から鮮血がしぶく。

女は首を押さえ、床に転がり、もんどりうった。

工藤は間を置かず、沙織に向かってナイフを投げた。

「うっ！」

沙織が突っ立ったまま、両眼をカッと見開いた。工藤の投げたナイフは、沙織の眉間を捉えていた。

沙織がうつぶせに倒れていく。倒れた瞬間、ナイフのグリップが床にぶつかり、刃がさらに深くめり込んだ。沙織はビクリと背中を弾ませ、絶命した。

工藤は、君枝の方を向いた。

「亜香里……」

ベッドサイドを見る。亜香里は持っていたナイフを投げ捨て、シーツで君枝の首を押さえていた。

「こんなこと……こんなこと！」

亜香里は、必死に血を止めようとしている。工藤が愛した亜香里の姿に戻っていた。

そこに、騒ぎを聞きつけた看護師や医師がなだれ込んできた。医師も看護師も、凄惨な状況を見て、声も出せずにいた。

「け……警察を！」

医師がうめくように言った。工藤は、とっさに亜香里の腕を取った。

「亜香里、逃げるぞ！」

工藤は、力任せに引っ張った。亜香里の体が、ふわっと浮き上がる。

「ごめんなさい、ごめんなさい！」

亜香里は泣きじゃくりながら、工藤に腕を引かれるまま、人垣をかき分け、病院を飛び出した。

「工藤が、いなくなった？」

小暮スポーツの会長室で朱里の言葉を聞いた小暮は、眉をヒクつかせた。

「うちから送り込んだ殺し屋のうち、三人が殺されていました。亜香里の行方はわかっていません」

「例のものは見つかったのか！」

「わかりません。けれど、亜香里たちが例のものを発見し、奪おうとしたところを、工藤に抵抗されて殺されたと考えるのが、一番妥当だと思います」

「工藤君枝は、生きているのか」

「死にました――」

「あの女の口を割らせることもできんというわけか」

小暮は、両手の指を組んで、その上に額を乗せた。手の隙間から、宙を睨む。

「あの女が死を選んだということは、間違いなく工藤の手に銃が渡っているな。朱里、組織の人間を総動員して、工藤の行方を探し出せ」

小暮の命令に、朱里はうなずいて、部屋を出ていった。

「もう、時間がない。早く、手に入れなければ。あの伝説のレッドホークを……」

2

工藤は車を飛ばして、父の墓がある大洗の山中へ戻っていた。亜香里もいる。二人は墓の脇にある廃寺に身を隠していた。

さすがに夜は冷え込む。二人はいつしか寄り添い合っていた。

「雅彦さん……。本当にごめんなさい。私、お母さんを殺すつもりはなかった……」

「どういうことなんだ……」

「ごめんなさい」

「何がどうなってるのか、話してくれないか」

工藤は、ようやく話を聞く気になった。

亜香里は涙を拭い、しゃくり上げて、ゆっくりと話し始めた。

幼い頃、父親を亡くし、母が再婚した。その義父は働きもせず、母に暴力を振るい、亜香里も容赦なく殴った。

亜香里の母は苦労がたたり、亜香里が十二歳の時に死んだ。義父と二人暮らしになった亜香里は、中学へ入ると同時に義父に犯され、売春を強要された。

体を売って稼いだ金は、義父の遊興費に消えた。亜香里は何度も家出を試みたが、義父はそのたびに亜香里を連れ戻し、折檻し、犯し続けた。

そんな生活が続いて、二年――。新しい女ができた義父は、亜香里が邪魔になり、ヤクザへ売りとばそうとした。

「その話を知った私は、中三のある夜、義父をめった刺しにして、殺したの。今夜みたいに月がきれいで、寒い日だった――」

亜香里は、破れた屋根の隙間に覗く月を見つめて、瞳を細めた。

一年後、女子少年院を出た亜香里は、まじめに勤めようと職を探したが、まともに雇ってくれるところはなかった。

そんなときに、亜香里を拾ってくれたのが、小暮だったという。

「亜香里もあのトレーニングセンターに行ったのか」

工藤の言葉に亜香里はうなずいた。

「私は、筋力はなかったけど身軽で、話術にも自信があった。だから、そこを磨かれた。雅彦さんを騙したような作戦でターゲットに近づく要員としてね。いくつかの仕事を経て、二十三の時、あなたに接近するためにイチマツへ送り込まれたの」

「小暮の命令か?」

「そうよ」

亜香里は言った。

「なぜ、僕を監視しなければならなかったんだ」

「例のもの。伝説の銃を手に入れるため」

「これか？」

工藤は腰からレッドホークを抜き、月明かりにかざした。真紅のボディが妖しい輝きを放つ。

「その在処《ありか》を探るために、私はあなたに近づき、お母さんにも近づいたの」

「なぜ、こんなものを欲しがるんだ」

「全国の殺し屋組織を束ねるため」

「組織を束ねる？」

「そのレッドホークは殺し屋の元締めに受け継がれる伝説の銃なのよ。この銃を持つ者だけが、全国の殺し屋を束ねることができるの。この銃を最後に持っていたのは、雅彦さん、あなたのお父さんよ」

「すると、〝紅い鷹〟と呼ばれた父は、殺し屋の元締めだったのか！　信じられない」

工藤はまじまじと紅いリボルバーを見つめた。

「事実よ。でも、あなたのお父さんは殺し屋という仕事に疑問を持ち始めた。そして、殺し屋組織を解散するため、真紅のレッドホークを封印し、自分は引退したの。ところが、当時、組織のナンバー2だった小暮が猛反対し、レッドホークの引き渡しを求めたの」

「自分が元締めになるためか」

「うん。でも、あなたのお父さんは断った。それで、小暮は卑劣な手段で殺してしまったのよ」

「小暮が、父さんを！」

「小暮は今、偽物のレッドホークを持っているの。でも、そのレッドホークは本物とは、やはり違うのよ。その紅い色がね。本物のレッドホークは血を吸ったような紅い色をしているでしょう」

「なるほど……」

工藤はレッドホークを月にかざした。

「それで、小暮が〝紅い鷹〟だということに疑問を持つ人が現われたのよ。殺しの世界で長老と言われている人よ。この人だけが、本物のレッドホークを見たことがあるの」

「すると、小暮はこの銃を手に入れるためだけに、俺を殺し屋に仕立て上げたわけか！」

「もちろん、それだけじゃないわ。小暮はあなたに流れている〝紅い鷹〟の血が怖かったのよ。いつか、あなたが殺し屋の血に目覚め、父の敵《あだ》を打つため、自分の命を狙ってくるのを恐れていたの」

「でも、なぜ、わざわざトレーニングセンターに？」

「殺す前に、あなたに想像を絶したトレーニングを課して、殺し屋としての適性を試してみたくなったのよ。場合によってはトレーニングの途中であなたを殺そうという気持ちもあったみたい。あなたと闘ったビッグもシックも研修生なんかじゃなく、本物の殺し屋だったのよ。ところが、あなたは彼らを簡単に返り討ちにしたばかりでなく、平気な顔でトレーニングを修了してしまった。小暮はあなたの存在がさらに怖くなった。それで、レッドホークを手に入れた後は、すぐにでも殺してしまおうと考えたのよ。私は小暮の手足となって、あなたを罠にかける仕事をしていたの。けど、あなたやお母さんの優しさに触れて、心が揺らいでしまったのよ……。ごめんなさい」

亜香里は大粒の涙をこぼした。

「もう済んだことはいいんだ。もう一つ聞きたいことがある。なぜ佐久本を殺さなくてはならなかったんだ。岡部が言っていたが、あいつはエージェントだったんじゃないのか？」

「小暮は自分のレッドホークが偽物であることを佐久本に話して、自分の策略に協力させたわけ。ところが、佐久本は、何の罪もないあなたを陥《おとしい》れるのがつくづく嫌になって、長老側に寝返ろうとしたのよ。それに気づいた小暮が、エージェントの新見に相談を持ちかけたの。新見はイチマツ社内で社長選を佐久本と争っていた市松専務に近づき、佐久本殺しを持ちかけた。市松は二つ返事でOKしたわ。殺し屋の世界では仲間同士の殺しは禁じられているから、小暮はそんな回りくどいことをやらざるを得なかった」

工藤は、ふっと気づいて、顔を上げた。

「まさか、歌舞伎町での事件も……」

「そうよ。あのへんでうろついてた高校生を焚《た》き付《つ》けて、あなたを襲わせた。そして、あなたが気絶したあと、小暮が自ら殴り殺して、あなたに罪をかぶせたのよ」

亜香里が言う。

工藤は奥歯を嚙みしめ、銃を握りしめた。真紅の銃を見つめる先には、小暮の顔があった。

許せない。私欲のために父を殺し、母も死なせ、工藤の人生を狂わせた小暮が。いや、工藤だけではない。亜香里も、養成所で死んでいった松井や他の仲間たちも、結局は小暮の道具にされたにすぎない。小暮に関わり、利益を得ている連中の存在が、みな腹立たしい。

「でも、これだけは信じて。今さらかもしれないけど、私、本当にあなたを愛してた。お母さんも愛してた。お母さんが言ったように、雅彦さんなら、私をこの闇から連れ出してくれるんじゃないかと期待してたところもあった。その気持ちだけは――」

必死に言葉を繋《つな》ぐ亜香里の肩を、工藤は抱き寄せた。亜香里は、少しビクッとしたが、すぐ工藤の胸にしなだれた。

「亜香里。今でも、その気持ちに変わりはないか？」

「今でも好き。あなたのことを愛してる。けど、私はあなたのお母さんを――」

言いかけた亜香里の口唇に、工藤は口唇を重ねた。亜香里は一瞬目を見開いたが、工藤の首を抱きしめて、唇を押し返した。

「終わらせよう」

「えっ？」

亜香里は顔を起こし、工藤を見つめた。

「すべては、小暮が起こしたことだ。ヤツにはきっちりとカタをつけさせる」

「どうするつもり？」

「ヤツを殺せば、すべてが終わる」

「ダメよ！」

亜香里が、工藤の両腕をつかんだ。

「いくら雅彦さんでも小暮にはかなわないわ。伝説じゃなくても、その力は本物よ。それに、部下にも優れた人材がヤマほど――」

「亜香里……」

工藤は、微笑みを向けて、やんわりと亜香里の手を振りほどいた。

「殺し屋なんて仕事がまかり通っていてはいけない。人の命を金に換える連中など、許しちゃいけない。それにこのままだと、僕も君も次には進めない。小暮を倒すのは、二人が新しい明日を築くために必要なことだ」

「だったら、行かないで！」

亜香里が工藤にしがみつこうとする。けれど、工藤は亜香里を押し離した。

「心配するな。必ず、生きて戻ってくる。その時は、すべてを忘れて、二人で一から始めよう」

「いやっ！　行くなら私も――ふぐっ！」

亜香里が突然、目を剝いた。工藤の左拳が、亜香里の鳩尾《みぞおち》を捉えていた。

「雅……彦……さん……」

亜香里は口から唾液を吐き出し、工藤の袖を搔きむしりながら、崩れ落ちた。

「さよなら、亜香里……」

工藤は、そうつぶやいて、廃寺をあとにした。

3

夜半のうちに東京へ戻ってきた工藤は、朝を待って、小暮から振り込まれた金を全額引き出した。そして、その金でアーミーショップへ行き、ナイフを何種類か買い揃えた。

硬くて太いサバイバル系のもの、携帯に便利な小さいもの、鋭く刃を磨き上げられたもの、細長く滑らかで、切り裂くには手頃なもの、仕込めるもの——。

使えそうなナイフを買いあさり、ソフトケースの内側に一本ずつ刺して並べた。変装用に伊達メガネも三つ手に入れた。

工藤は用意をすませると、黒いプラスチック製の四角いメガネをかけ、スーツに着替えると、ナイフを仕込んだケースを持って、イチマツ本社に出向いた。

工藤は、平然と会社ロビーを通り過ぎた。

誰も、工藤の方を見ようとしない。気づいていないようだ。働いていた当時は、メガネをかけていなかった。小暮に鍛えられたおかげで、体型も雰囲気も変わっている。

ソフトケースも、スーツが仕事着の会社内では、目立たなかった。

半年ぶりの古巣だったが、懐かしさも、未練も感じない。フロアには知った顔もいたが、顔を伏し気味にして会釈すると、他人行儀な会釈が返ってくるだけだった。

工藤は、平然とエレベーターに乗り込み、専務室がある七階のボタンを押した。

静かなフロアに降り立った工藤は、その足でトイレに入った。大便用の個室に入り、ドアを閉め、便座に座って一つ息をつく。

工藤は、ソフトケースから大きめのバタフライナイフをつかみだし、ポケットに突っ込んだ。そして、携帯電話を取り出し、その場からオフィスに電話をかけた。

「もしもし。市松専務にお取り次ぎ願いたいんですが」

――どちら様ですか？

「工藤と申します」

――少々、お待ちください。

電話に出た女性は、工藤が営業口調だったからか、元社員の工藤とは気づかなかったようだ。が、市松ならすぐにわかるだろう。

思った通り、市松と電話がつながるのは、早かった。

――もしもし。市松だが……。

探るような声が聞こえてきた。工藤はうっすらと笑みを浮かべ、口を開いた。

「今、あなたのすぐ近くまで来てます。佐久本常務の件で、お話ししたいことがあるんですが」

工藤が言うと、一瞬、市松が言葉を詰まらせた。

――何のことか、私には……。

「すべて知ってますよ。僕は、あなたに買われた殺し屋ですから」

工藤は言った。

絶句している様子が手に取るようにわかった。少し沈黙があって、市松が重い口を開いた。

――わかった。私の部屋まで来てくれ。場所は、七階の……。

「知っています。すぐうかがいます」

工藤は携帯を切ると、ソフトケースを持ってトイレを出た。普通の営業マンのような顔をして、専務室に向かう。

ノックして中へ入ると、奥のドア前に置かれたテーブルに秘書がいた。

「アポをいただいている工藤ですが」

笑みを浮かべて、秘書に言う。秘書は、安いスーツを着た工藤を訝《いぶか》りながらも、受話器を持ち上げ、市松に取り次いだ。そしてすぐ、受話器を置いて、立ち上がった。

「どうぞ、こちらへ」

秘書が手招いて、ドアを開いた。

市松は、正面手前の応接ソファに座っていた。工藤の姿を見て、表情を険しくする。

「あ、すぐ用事は済みますので、お茶は結構です」

工藤は秘書に笑顔で言って、ドアを閉めさせた。

市松に向き直る。その顔から、笑みは消え失せていた。

「ずいぶん、早いな」

「トイレで待たせてもらってましたから」

言うなり、足下にソフトケースを落とし、上着の右ポケットからバタフライナイフをつかみだした。

市松のもとに駆け寄りながら、刃を振り出す。切っ先の鋭い光を目にした市松は、あわててソファの後ろへ逃げようとした。

工藤は、手前のソファとテーブルをハードルのように飛び越え、市松の前に躍り出た。背を向けた市松の背中に左膝を押し当て、ソファの背もたれに押しつけて動きを封じる。

工藤が鼻先にナイフの切っ先を突きつけると、市松の動きがピタッと止まった。

「こ……こんなことして、いいと思ってるのか！」

市松は声を震わせた。

「あなたのようなゲスに言われたくはないですね」

工藤は市松の鼻を横から刺した。

「ぎゃっ……！」

悲鳴を上げそうになった市松の口を、手のひらで塞ぐ。

「声を上げれば、喉をブスリといきますよ」

工藤は静かな口調で言い、そっと手のひらを離した。

「や、やめてくれ！　何が望みだ、金か！」

「そんなものに興味はない。あなたが知っているエージェントの名前を教えてほしい」

「そ……そんなことを教えれば、殺される！」

「言わなくても、今この場で僕が殺しますよ」

工藤は、喉元に切っ先を突きつけた。

「ま、丸岸物産の新見！　そいつしか知らん。本当だ！　エージェントの名前は、お互いのために明かさないんだ！」

市松は、わめいた。

「本当に知らないんだな」

「本当だ。嘘は言わん！」

「そうですか。ありがとうございました。口を割ってくれて」

言うなり、工藤はナイフの刃を顔面に沿わせて、振り上げた。

市松が奇妙な悲鳴を発した。削げ落ちた鼻がソファに落ちる。鮮血が鼻水のようにボタボタと垂れ落ちていた。

「人を殺してまで、権力を握ろうっていうのは、何か間違ってませんか？」

「許ひてくれ、許ひてくれぇ！」

「あなたたちみたいな人間がいるから、僕たちみたいに腐った人間も必要になってしまうんだ。そろそろ、そういう悪循環は、終わりにしましょう」

「許ひて！　許ひ……！」

工藤は、懇願する市松の喉に刃を押し当て切り裂いた。

赤い血はシャワーのように噴き出し、ソファに降りそそぐ。市松は目を見開いたまま、ソファからずるずると滑り落ちていった。

工藤は、バタフライナイフを畳み、ポケットに突っ込むと、上着のボタンを留めて、ワイシャツの腹部に付いた血痕を隠し、専務室を出た。

「失礼します」

工藤は、秘書に向かって笑顔で頭を下げた。ゆっくりと専務室を出る。

間もなく、専務室の扉の向こうから秘書の悲鳴が聞こえた――。

4

〈丸岸物産〉の本社は、丸の内にあった。古びているが立派な十五階建てのビルが本社屋だ。

工藤はここへ来る途中、メガネをくすんだ金色の丸くて細いフレームのものに変えていた。黒い縁のものとは違った老け方を演出してくれる。当然、血で汚れたワイシャツやスーツも、用意していた別のものに替えていた。

工藤は、数段の階段を上がり、大きくどっしりとした構えのガラス扉を押し開けた。

中へ入ると、すぐ受付があった。その脇には、オープンカフェふうのロビーが広がっている。

社員は、社員証を胸に付けている。受付脇には警備員が立ち、妙な人間が入ってこないよう監視している。さすが、世界に名だたる企業だけのことはある。

それでも工藤はかまわず、受付に近づいた。

「小暮スポーツの工藤と申します。新見さんにお会いしたいのですが」

工藤は平然と言った。

正体がバレてもかまわない。どうせ、最後は死ぬ身なのだ。

が……。

「工藤様ですね。伺っております。十一階の第三会議室へいらしてください。エレベーターで十一階に上がりまして、右奥突き当たりでございます」

受付の女性はスラスラと言った。

伺っている？

工藤は、怪訝《けげん》そうな表情を覗かせたが、すぐ笑みに変えて、エレベーターホールへ向かった。

僕が来ることを予想していたのか。となれば、イチマツでの事件も伝わっている。当然、小暮の耳にも話が届いているだろう。手を回してくるかもしれない。

工藤の神経が張りつめた。もしそうなら、いつどこで襲ってくるかもしれない。

工藤は、胸元から万年筆を取りだした。右手にグリップの部分を握る。その万年筆は、キャップを取ると刃が飛び出してくる偽装ナイフだった。

エレベーターが到着する。工藤は素早く乗り込み、一番奥の壁に背を当てた。階ボタンを押し、入ってくる連中の気配を探る。

手のひらが汗ばんでいた。メガネの下の眼光が、どうしても鋭くなる。

エレベーターは八人が乗ったところで閉まり、上へと上がり始めた。

特に、鋭い気配を持った人間はいない。だが、油断はできない。殺し屋の中には、気配を消せる人間もいる。横浜の養成所で学んだことだ。

高速エレベーターは、わずかな時間で、十一階にたどり着いた。

工藤の神経は、極限まで張りつめていた。

ドアが開く。工藤は平静を装い、外へ出ていった。

廊下で大きく息をついた。緊張はまだ解けていない。

新見が予測しているなら、何らかの手を打っているはず――。

工藤は、左右に延びる廊下の右奥を目指した。靴底を受け止めるふかふかの絨毯は、血を吸ったように赤い。

そうなのかもしれない。企業という場所は、いろんな人間の血を吸って、大きくなった化け物なのかもしれない――。

絨毯を踏みしめながら、右奥の大きな木製の扉の前にたどり着いた。扉の前で中の気配を探る。人の気配はあるが、やはり殺気は感じない。

ソフトケースの中から、細長いナイフを取りだし、手首の裏に隠し持った。

扉を開ける。外はまだ明るいのに、ブラインドカーテンが引かれていた。代わりに蒼白い明かりが煌々《こうこう》と照らしている。

「心配ない。入りたまえ」

奥から、新見の声がかかった。

半円型の会議用テーブルの中央に、背もたれの高い革椅子が置かれていた。その椅子がくるりと回った。新見が穏やかな顔で座っていた。

「そこに座りなさい」

「いえ、僕はここで――」

工藤は、ドアを背にして立った。

「用心深いね。まあ、いいだろう。君は、小暮スポーツのエージェントである私を殺しに来たんだろ？」

「そうです」

「君が、会長が用意したマンションを抜け出したと聞いてね。ひょっとしたら、私のところへも来るんじゃないかと思っていた。今さら、命乞いをするわけじゃないが、話を聞いてほしくてね。待ってたんだよ」

「そこまでわかってるなら、話すことはない」

工藤はナイフの柄を握りしめる。が、新見は余裕の笑みで、工藤を見返していた。

「小暮会長と会ったのは、二十年前だ。私は入社当時から、総務部で総会屋対策を担当していてね」

「そんな話は──」

「まあ、聞きたまえ。毎日毎日、連中を相手に交渉をしていた。脅され、すかされ、時には軽い暴行を受けることもあった。しかし、そんなことを気にしていては、総会屋対策など務まらない。毅然とした態度でいれば、どんな相手にも対処できると信じていたんだ。当時の私はね」

新見は昔を懐かしみ、ふっとやるせない息をもらした。

「だが、それだけでは通じない相手が出てきた。相手の言い値をこっちが認めるまで、嫌がらせを続けると言ってきた。もちろん、私はいつでも受けて立つつもりだった。しかしね、奴らは私の家にまで押しかけて来るようになった。その折、私の母は、彼らの手によって殺されてしまった」

「えっ……」

「母は家に上がろうとする奴らともみ合っているうちに、転倒し、打ち所が悪くて死んでしまったんだ。その総会屋は傷害致死罪で捕まり、実刑を受けた。だがね、うちの母は死んだが、彼らは七年で出てきた。たったの七年だよ。そして、今度は、他の私の家族を殺すと脅してきた。こんな理不尽なことがまかり通っていいのかね？」

新見が、工藤をまっすぐ見つめてきた。

工藤は何も言えなかった。確かに理不尽な話だ。そういう意味では、工藤や亜香里と同じ犠牲者と言える。

「私は突っぱねたかったが、母の事件のことを思うと、不安でたまらなかった。その不安を取り除いてくれたのが、小暮会長だったんだよ」

「…………」

「会長は当時、表の稼業でうちのスポーツ部門で扱っている商品の輸入代理店をしていてね。たまたま、丸岸社員行きつけのクラブで会ったときに、会長に総会屋の話をしたら、『私が処置しましょう』と言ってくれたんだ。彼が神様に見えたよ。そして、三日後。その総会屋の死亡記事が新聞の端に載っていた」

「小暮が殺ったのか――」

「そうだ。表向きは、総会屋同士の抗争となっていたがね。会長は、その代金を請求する代わりに、殺しの仕事を請け負う窓口になってほしいと私に持ちかけてきた。悩んだが、私は引き受けた」

「なぜ――」

「同じ思いをしている一般人がいるからだ。理不尽な要求をつきつけられ、怯えて生きることを強いられている人間がいるからだ。私は、小暮会長のように、少しでもそういう人たちの力になりたかった」

「けど、現実には、権力闘争の切り札に使われたり、罪もない人を殺したりしてるじゃないですか！」

「そういうこともある。けれど、もう一方では、もっと多くの人たちが、私たちの活動によって救われている。これは、間違ってるのかね。間違っているのは、そういう悪を必要とさせてしまう連中の方じゃないのかね？」

新見は力強く言い切り、間を置かず畳みかけてきた。

「君ならわかるはずだ。君は、ただ殺したいだけの人間じゃない。人の感情というものをしっかり持っている。人として考えたとき、君はどう思う。これもある意味、正義だとは思わんかね」

新見は工藤の目を見つめ、声のトーンを落とした。

「それでも必要ないと思うなら、私を殺していきたまえ。言ってみれば私も、殺されても仕方ない人間の一人だからね」

工藤は躊躇《ちゅうちょ》していた。

新見の言うことがすべて正しいとは思わない。しかし、そこには信念がある。いろんな経験に裏打ちされた強い理念がある。

それでも、この悪夢はいつか終わらせるべきなんだ——。

工藤が、そう思って顔を上げたときだった。

強烈な殺気に囲まれた。数人いる。

どこだ！

工藤は神経を集中させた。殺気は背後から迫ってきた。工藤はドアから離れ、フロアを転がった。

空気を切り裂く音が立て続けに聞こえた。木製のドアに穴が空く。

すぐにドアが蹴破られ、スーツを身につけた数名の男女が入ってきた。

先頭の男は、サイレンサーをつけたサブマシンガンを撃ち放ってきた。

工藤は態勢を低くして駆け出し、テーブルを飛び越えた。

「ぎゃあああっ！」

サブマシンガンの音と共に悲鳴が聞こえた。新見の声だった。

「新見！」

工藤は大声で呼びかけた。返事はない。隙間から覗くと、新見はカーペットの上に仰向けになり、血を垂れ流していた。

ちくしょう……小暮は、すべてを処理するつもりなのか！

フッと、会議室の明かりが消えた。ドアに空いた穴から光の筋が入ってくる。

息を潜め、神経を集中させる。殺気が中央から左右に分散していく様子がわかった。

囲むつもりか──。

工藤は、手に隠し持っていたナイフのグリップを握った。

工藤は、右方向から近づいてくる気配に、全神経を集中させた。

ここで死ぬわけにはいかない──。

工藤は、意を決して、気配のする方向へ飛び出した。ナイフを隠し持っていた右腕を振り上げる。

不意に下から攻められた相手は、避けきれなかった。工藤のナイフが、胸元から顎先を斬りつける。男だった。

工藤は、振り上げたナイフをそのまま振り下ろした。

切っ先が、相手の眉間をとらえた。男は息を詰めたまま、仰向けに倒れた。

即死したはずだ。工藤は、倒れた男にすり寄った。かすかな明かりに、男の顔が浮かぶ。

……これは！

男の顔を見て、驚いた。それは、横浜のトレーニングセンターで富士のアシストをしていた地下室のトレーナーだった。

ということは、全員、横浜の人間か！

工藤の神経が、ビリッとした。その気配を感じ取った誰かが、工藤の背後から迫ってきた。

工藤は、遺体を飛び越え、前方に回転して、立ち上がりざま振り向いた。かすかに甘い香りがする。わずかな光を浴びて、きらめくものを持っていた。

横浜の地下で、ナイフを使える女――。

「山岸か！」

工藤は叫んだ。

「やっと、気づいたの？」

女の声がすると同時に明かりが点《つ》いた。一瞬、まぶしさに視界が狭まる。が、すぐ全体像が映った。

三峯が椅子に座っていた。三峯の周りには打撃の富士、ナイフの山岸、火器の久賀まで顔を揃えている。

「君が横浜のトレーニングセンターを潰しに来るかもしれないと、会長に聞いてね。それは困るから、我々が直々に処分しに来たというわけだ。ついでに、君が持っているレッドホークももらっていくよ」

三峯が、工藤の腰元に目を向ける。

「なぜ、ここにいるとわかった」

「我々の情報網を侮《あなど》ってもらっては困る。すでに丸岸物産にも、新見の後継ぎは育ててある」

「だから、新見を殺したのか……」

「エージェントとして信頼できる男ではあるが、青臭い理念を持っていてね。仕事がやりにくいことも多かった。だから、君を処分するついでに人事異動も行なおうという話になってね。いいきっかけをくれてありがたいと、会長が言ってたよ」

「新見は……新見は、小暮を信頼していたんだぞ！」

「我々に必要なのは、信頼じゃない。利害の一致だ。君もわかっているはずだ。金銭という利害関係で結託すればビジネス。でなければ、ただの殺人でしかないことくらい」

三峯が言う。三峯の後ろで、富士や山岸、久賀が笑みを浮かべていた。

「それにしても、ずいぶん腕を上げたじゃない、工藤さん。実戦でナイフの隠し手を使えるなんて」

山岸が言う。続いて、富士が口を開いた。

「さすが、養成所を最短で卒業しただけのことはあるな」

「しかし、不意撃ちしたサブマシンガンの弾丸までかわすとは、思わなかったがね」

久賀が、手に持ったサブマシンガンを、テーブルの上に置いた。代わりに、オートマチック拳銃を出し、スライドを弾いた。

「これで終わりだ――」

久賀は、銃口を工藤に向けてきた。工藤は、久賀の指先に全神経を集中させた。

「まあ、待て」

三峯が、スッと手を掲げ、久賀を制止する。久賀は、銃口を下げた。

「我々も、養成所のチーフトレーナーだ。たった一人の新人を、総がかりで倒したとあっては、トレーナーの恥になる。そこでだ、君にもチャンスを与えよう」

三峯は、目の前のテーブルに手榴弾を置いた。

「特殊閃光手榴弾《とくしゅせんこうしゅりゅうだん》だ。これを奪えば、君にも勝算ができるだろう。山岸君。テーブルの中に立ちなさい」

三峯が言うと、山岸がテーブルを飛び越えてフロアに立った。

ちょうど、半円形のテーブルに囲まれた真ん中が、狭い格闘場のような状態になる。

「山岸君を倒して、これを取ってみたまえ」

三峯は、ゲームでも始めるような口調だった。両脇を固める富士と久賀も、余裕の表情で山岸を見守っている。

山岸は、首や手首を振りながら、軽く飛び跳ね、ウォーミングアップをしている。

「どうする、工藤君？」

選択肢はなかった。山岸と闘わなければ、久賀の銃がたちまち火を噴く。銃弾が外れたとしても、間髪を容れず、富士と山岸に襲いかかられる。そうなれば、勝ち目はない。

一パーセントでも可能性があるなら……賭けるしかない。

工藤は、ソフトスーツケースを出入口に一番近いテーブルの上に置き、細長いナイフを二本手に取った。左手のナイフはまっすぐ、右手のナイフは腕の裏に回るように持ってかまえる。

「あら、忍者の二刀流みたいじゃない。でも、両手でナイフを使うのって、見た目よりも難しいのよ」

山岸は微笑んだ。そして、いきなり左手に隠し持っていた投げナイフを下手で投げてきた。

「くっ！」

工藤は、とっさに身をよじった。刃先がスーツを裂いて飛んでいく。その隙に、山岸は、間合いを詰めてきていた。

両手には、工藤と同じタイプのスチレットナイフを握っている。

山岸は、右半身になっている工藤の顔面に、右手に持ったナイフを突きだしてきた。

工藤は、上体を前に倒し、切っ先をかわした。体を起こしざま、右手のナイフを振り上げる。

山岸は、髪をなびかせ仰け反ってバック転をした。アクロバティックに避けただけかと思った。が、シューズの先に、光るものが映った。

工藤は、間一髪で後ろに転がり、すっくと立ち上がった。

「すごい反射神経ね。私の仕込みナイフをかわしたのは、あなたが初めてかも」

山岸は、にっこり笑う。汗一つかいていない。

強い……。トレーナーをしているときの山岸とは比較にならないほど、強さを感じる。

伊達に、チーフを任命されているわけではなさそうだ。

工藤は、ナイフのグリップを握り変えた。手のひらは、汗ばんでいた。

じっとしていても、状況は変わらない。しかし、今まで以上に迂闊《うかつ》には動けない。

どうすれば……。

思案に暮れていたとき、突然、スマートフォンが鳴った。倒れた新見のポケットに入っていたスマホだった。一瞬、三峯たちが、スマホの音に気を取られた。

工藤はその隙を逃さなかった。ソフトケースをつかんで、テーブルを飛び越える。そのまま、ドアに突っ込んでいく。

「逃げるのか、工藤！」

久賀が銃を放った。轟音が響いた。弾丸が、工藤の右肩を射ぬく。工藤は倒れそうになったが、そのままドアを突き破った。

久賀が再び発砲しようとした。

「やめないか！　我々の存在を知らない一般社員もいるんだぞ」

三峯が怒鳴る。久賀は銃を下ろした。

山岸も、富士も、いきなり逃げ出した工藤の残像を見つめ、唖然としていた。新見のスマホはまだ鳴り響いている。

三峯は、新見の携帯をポケットから出してみた。会社関係の人物からかかってきたようだった。

「くそ、新見め。殺ることに集中しろと言い含めておいたのに。ヤツが現われてなおスマホの電源を入れておくとは、根っからの会社人間だったということか。つまらん男だ」

腹立ちまぎれに、スマホを壁に投げつける。スマホは簡単に砕け、音が止まった。

「富士。おまえはここに残って遺体の処理をしろ。山岸と久賀は、横浜へ戻れ。私は小暮会長のところへ行って来る」

三峯は、素早く命令を下すと、椅子から立ち上がり、新見の死体を踏みつけた。

「工藤のガキめ……」

5

工藤は肩の傷を左手で押さえながら、とにかく丸岸本社から遠ざかった。

傷の痛みが全身を襲う。十分も歩かないうちに、工藤の足取りは極端に重くなってきた。

久賀は、ホローポイント弾を使っていなかったらしい。銃弾は貫通していた。それは幸いだったが、鼓動に合わせて傷が疼き、血が噴き出しているような気がする。

肩を押さえる左手のひらは、出血を防ぎきれなくなっていた。早く傷口をどうにかしなければ、闘うどころの話ではなかった。

どこか、身を隠すところが欲しかった。大洗の寺まで戻ればいいが、車に何時間も揺られる体力は残っていない。

このまま終わるのか……。

工藤は、ビルの隙間に身を潜め、ワイシャツの袖を破いて肩口に巻きつけた。息を吐くたびに、意識が遠のいていくような気がする。薄らぐ意識の中で浮かんでくるのは、母の顔。そして、亜香里の顔だった。

亜香里……すまない。どうやら僕の運も尽きたみたいだ。小暮は殺《や》れなかった。母さん。もうじき僕もそっちへ行きそうだ。父さんと三人で、仲良く暮らそう……。

工藤は壁に背中をもたせかけたまま、意識を失った。


目を覚ますと、薄暗い場所で、マットに寝かされていた。工藤は起きあがろうと、両手を床についた。

「んっ……！」

右肩に痛みが走り、思わず顔をしかめる。

「起きちゃダメ！」

亜香里が、心配そうな顔で、工藤の顔を覗き込んでいた。

「亜香里……?」

「そうよ。まだ寝てなくちゃ」

亜香里は微笑んで、工藤をそっと寝かせた。

「……どういうことだ?」

「どういうことだって、こっちこそ聞きたいわ。人をお寺に置いてきぼりにしたくせに。東京に帰ってきてからイチマツの事件を知って、びっくりしたわ。きっとあなたがやったに違いないと思って方々探したのよ」

上半身は裸だった。肩口には、きれいな包帯が巻かれている。

「これは?」

「私が治療したの。ひどい傷だから治るのには時間がかかるけど、そこらへんのヤブ医者よりは、ずっと腕は確かよ」

亜香里が言った。殺し屋は、ほとんどの傷を自分で治さなければならない。おいそれと医者に見せて、怪しまれるわけにはいかないのだ。

「ここはどこだ」

工藤は周りを見回した。広めのバラックだった。機械油のニオイがする。

「閉鎖した町工場の中よ。昔から私の隠れ家だったところ。ここだけは義父にも見つかったことはないの。誰も来ないから、安心して休んで」

亜香里は、慈しむように笑った。

「すまないな。迷惑かけてしまって」

「私、雅彦さんが無事でいてくれただけで、うれしいから……」

亜香里は、涙をそっと拭った。

「食べるものとお薬、買ってくるね」

亜香里は立ち上がると、小走りで建物から出ていった。

タイミングよく亜香里に拾われたのは、偶然か。それとも、また罠なのか。

自分を隠れ家まで運び、傷の手当をし、目が覚めるまでそばにいてくれた亜香里を、今は信じたい……。だが、今の工藤にはそれができなかった。

工藤は揺れ動く気持ちの中で、いつしか眠りに落ちていた。


亜香里は、朝も夜も、献身的に工藤の面倒を見てくれていた。

テレビもラジオもない。新聞もない。人もいない。だが、亜香里と過ごす時間は、心に安らぎをもたらした。そういえば、平穏な日々というのは、ここ半年以上なかったような

気がする。

亜香里が作った食事を食べ、なんとなく他愛のない話で時を過ごし、夜になれば、お互いの呼吸を感じながら、眠りにつく——。

亜香里と出会った頃の、一番楽しい時期が再現されたようだった。

亜香里も、そして工藤も求めていたのは、こういう日常だったのかもしれない。

静かで何もないが、ほのぼのとした幸せが香る日々。

このまま時が止まれば……と、工藤は願う。

傷は日一日と回復に向かっている。それも、驚異的な回復力で。

傷が治れば、すぐにでも準備を整え、小暮の組織を急襲するつもりだった。

どのみち小暮たちの追っ手から逃げおおせはしない。いつかは、殺し合いをしなければならない。あいつらを倒さなければ、二人に本当の未来はない。

三週間もしないうちに、工藤の傷は癒えた。多少右肩に違和感は感じるものの、動かしても痛みはない。

体も鈍《なま》ってはいるが、少し動かせば元に戻るだろう。

そろそろだな……。

つかの間の幸せに穏やかだった工藤の顔が険しい顔つきに戻っていく。

その朝、目が覚めると、隣に亜香里の姿はなかった。

工藤は白いスーツに着替え始めた。ワイシャツを着て、スラックスを穿き、腰にレッドホークの入ったホルスターを巻きつけ、上着を羽織る。

襟を整えていると、亜香里が朝食の弁当を買って、笑顔で廃工場へ戻ってきた。

「おはよう、雅彦さん。寒いよね。もう息がこんなに白く――」

亜香里が、明るい声で話しかけてくる。が、工藤が白いスーツを着込んだ姿を見て、亜香里の顔から笑顔が消えた。

「亜香里。今まで、ありがとう」

工藤の言葉に、亜香里はうつむいた。

「……行くの？」

「ああ」

「やめられないの？　小暮なんか放っといて、二人で暮らすことはできないの！」

「いつまでも、逃げられるわけじゃない。今、闘わないと、先はない」

亜香里は、手から弁当の包みを落とし、工藤の胸に飛び込んだ。

亜香里は、声を押し殺して泣いていた。肩だけ震わせて洟をすする亜香里の姿は、見ている工藤も悲しくなるほどだった。

言葉はかけられなかった。ただ強く、亜香里を抱いてやるだけだった。

本当は、このままそばにいてやりたい。工藤自身もそばにいたい。しかし、それはできない……。

工藤は、ゆっくりと亜香里を押し離した。

「じゃあ、行ってくる」

「私も行くわ」

そう言う亜香里の両腕を、工藤は軽く握った。

「君には待っていてほしい。必ず、戻ってくる。僕と二人で住む場所を探しておいてくれ。それと、父と母の遺骨を大洗の墓へ移してほしい。それを頼めるのは君しかない。頼む、亜香里」

強く腕を握る。亜香里は、涙目で工藤を見つめた。

「必ず、帰ってきてね」

「帰ってくる。すべて片づいたら、海沿いの町でのんびりしたいな」

「わかった。探しておくから」

「頼むぞ」

工藤は、亜香里の口唇に軽くキスをして、背を向けた。

「必ずよ！　必ず戻ってきて！」

亜香里が、背中に声をかける。

工藤は右手を挙げ、工場のドアを閉める。背後で亜香里が泣き崩れる声がした。

太陽の光がまぶしい。工藤は工場から一歩踏み出した瞬間、目を細めた。その瞳が次第に元に戻っていく。

グッと見開いた工藤の瞳からは、すべての迷い、未練、不安、恐怖が消えていた。彼の瞳にあるのは、凍りついた怒りだけだった――。

6

夜は更けていた。工藤は、弁天橋《べんてんばし》脇の川端通《かわばたどお》りに車を乗り付け、シートを倒して寝そべっていた。

横浜の街は、昼間の喧噪《けんそう》が嘘のように静かだった。ランドマークタワーの明かりが、ゆらゆらと水面に揺れている。

工藤は、コスモワールドの方に目をやった。大観覧車の中央が時を刻んでいる。午前〇時前だった——。

「そろそろ行くか」

大きく伸びをした工藤は、車のエンジンをかけた。

スクラップ場で拾ってきた車だったが、どんな車でも動けばよかった。突っ込むだけなのだから——。

ガソリンも、団地や駐車場を回り、あちこちの車やバイクから少しずつ盗んできた。ガソリンなど、ホースさえあれば簡単に盗める。

そういうことも、トレーニングセンターで習った。もっとも、習ったというよりは、周りの人たちの雑談を聞いていて覚えたのだが。

工藤は、車を用意して、深夜に横浜の養成所を急襲するつもりだった。武器は、工藤が持っていたナイフだけ。鉄パイプも持ってきてみたが、何人か殴っただけで、折れて使い物にならなくなるだろう。レッドホークも、弾丸がなければ使えない。

それでも横浜を先に襲うのは、三峯たちを倒す意味もあるが、それとは別に武器を調達するためでもあった。

工藤は、軽くアクセルを吹かして、エンジンを暖めた。クラッチを踏み込んで、ギアを入れる。

タイヤを軋ませ、車を急発進させた。静かな街にスキール音が響く。

車はグングンとスピードに乗り、本町通りを突っ切った。目の前に、トレーニングセンターの正門が現われる。

工藤は頭を低くして、そのままアクセルを踏み続けた。

タイヤが階段に乗り上げた。車体がフワリと浮き上がる。閉鎖用にかけられた鎖を越え、宙を飛んだボロ車は、フロントから正門の大扉に突っ込んでいった。

すさまじい破砕音が響き、扉が突き破られた。割れたフロントガラスが、工藤の頭に降り注ぐ。激しい振動が、ハンドルを握る工藤の手に伝わってくる。

着地した車は大きくバウンドした。工藤はハンドルを切った。車のボディがトレーニング器具をなぎ倒す。耳が痛くなるような大きな金属音をフロアじゅうに響かせ、車は停止した。

工藤は、助手席に置いていた鉄パイプをつかみ、車の外に躍り出た。

一階フロアの人間たちは、明かりを点けることも忘れ、右往左往していた。

工藤は、人影をステップでかわしながら、スタッフオンリーと書かれたドアを目指した。

そこには、ひときわ大きな人影が二つ立っていた。ドアへ突進してくる工藤を見て、二人の大男が身構える。

工藤は、右手に持った鉄パイプの先で地面を叩いた。カラカラとパイプが音を立てる。右の人影のうっすらと光る白目が、それにつられて下を向いた。

瞬間、工藤は鉄パイプを振り上げた。手応えはあった。

顎を弾き飛ばされた大男は、暗闇の中で、仰向けに倒れていった。

もう一つの人影が低い姿勢で突進してくる。

工藤は、素早く鉄パイプの下に左手を添え、上段から男の脳天にパイプを振り下ろした。

鉄パイプは真ん中から曲がった。男の動きが止まる。そしてゆっくり、前のめりに沈んでいった。

工藤は、鉄パイプを投げ捨て、ドアを蹴破った。両ポケットからバタフライナイフを二本取りだし、刃を振り出す。

工藤は、地下室への入口に向けて突っ走った。

奇襲はスピードが命だ。まごまごしていると、たちまち敵に囲まれ捕まってしまう。物音を聞きつけたトレーナーたちが、通路にあふれ出す。工藤は、目の前に現われた人間をとにかく斬りつけた。しぶいた血が、白いスーツを赤黒く染める。

工藤は、フロアへ飛び込んでから、わずか一分足らずで、地下へ続く螺旋階段を駆け下りていた。

階段にもトレーナーの影があった。しかし、通路に比べれば圧倒的に少ない。工藤は、舞を舞うようなナイフさばきで次々と目の前の敵を斬りつけていった。

ドア口にいたトレーナーの喉を掻き斬って、そのまま小さなドアに肩口から体当たりした。

厚いドアだが、建物は古い。留め具が衝撃に堪えられずに折れ、ドアごと工藤は中に倒れ込んだ。

二十四時間立っているガードマンが、ドアと共になぎ倒され、下敷きになった。もう一人のガードマンがあわてふためいて、腰の拳銃に手をやった。

が、工藤のナイフの方が、動きは早かった。ガードマンの喉笛に、切っ先を突き立てる。呻く間もなく傷口が開くと、鮮血がシャワーのように降り注いできた。

工藤は、バタフライナイフを捨て、倒れたガードマンの腰から拳銃を抜いた。オートマチックの十五連発だった。手のひらに伝わる感触では、マガジンにはフルに弾が詰まっていそうだ。

工藤は、拳銃のスライドを滑らせ、撃てる状態にしておいて、さらにガードマンの体をまさぐり、替えのマガジンを探した。

複数の足音が聞こえてきた。顔を上げる。奥の部屋から研修生とトレーナーが混然となって、入口に押し寄せてきていた。

工藤は、替えのマガジンを二本抜き取ると、立ち上がって人の群めがけ発砲した。引き金を引き続けて、研修生やトレーナーたちの群に突入する。

次々と悲鳴が上がり、人間が倒れていく。血が、肉が、脳みそが、フロアに飛び散り、凄惨な光景が繰り広げられていく。

スライドが上がった。弾を撃ち尽くしたのだ。工藤は、ストッパーを外してマガジンを振り落とし、新しいマガジンを差し込んで、スライドを滑らせた。

再び撃ちまくる。

三峯たちはどこだ――。

チーフトレーナーたちの姿を捜して、奥へ奥へと進んでいった。

二本目のマガジンを使い果たして、三本目のマガジンを差し込む。やたらに人が多い。

いや、多すぎるような気がする。

乗りこんでくることをあらかじめ想定しておいて、人数を集めていたのか……。

不審なものを感じながらも、工藤は一番奥の火器講習室へたどり着いた。

射撃場に飛び込む。だが、目当ての銃はなかった。

「しまった！　罠か！」

工藤は思った。

〝工藤君。ようこそ〟

頭上のスピーカーから三峯の声が響いた。

〝君は必ず、ここへ来ると思ってね。準備だけはしておいたんだよ〟

「そういうことか――」

工藤はなすすべもなく、その場にあぐらをかいて座り込んだ。

〝相変わらず、素晴らしいね、君は。奇襲とはいえ、わずか五分足らずでその部屋までたどり着くとは〟

「能書きはいいから、早く殺せ」

〝手に持った銃を捨ててもらおうか〟

三峯が言う。どこかにカメラを仕込んであるようだ。工藤は、拳銃を自分の前方に捨てた。

すると、扉が開いた。拳銃を握った男たちが数名入ってきて、工藤を取り囲む。

「手を頭の上に置け!」

一人が命令する。別の一人が、工藤のベルトをつかんで立たせる。もう一人が、いきなり工藤のボディに強烈な右フックを叩き込んできた。拳が腹筋にめり込む。

「ふぐう……」

工藤は目を剝いて、前屈みになった。男が工藤の髪の毛をつかんで、上体を起こさせた。表へ連れ出される。

三峯がトレーナーたちに囲まれて、通路に立っていた。

「工藤君。君は本当に困ったヤツだね」

「さっさと殺せと言ってるだろ」

「死に急ぐことはない」

三峯の隣にいた富士が強烈なボディを食らわせた。胃が飛び出そうだった。が、髪をつかまれていて、前屈みになれない。ボディを食らったあと直立させられると、痛みは数倍になる。

けれど、弱みは見せたくなかった。

「こんなもんだったか？　富士先生のパンチは？」

工藤は、富士を睨みつけ、口元を歪める。

今度は富士のパンチがまとめて、ボディに三発入る。さすがにきつく、膝にくる。が、崩れそうになってもまた立たされ、後頭部に銃口を突きつけられた。

真後ろに銃口を感じた工藤は、心の中でニヤリとした。顔を上げてもう一度、富士を見据える。

今度は、口辺に笑みを浮かべて、ツバを吐いた。

「効かねえなあ」

「なんだと……！」

いきり立った富士が、三たび間合いを詰めてきた瞬間だった。

工藤は、グッと腰を沈めるのと同時に、両手で真後ろの男の手をつかんだ。素早くトリガーに親指を引っかけ、引いた。

太い銃声が響いた。銃弾は、富士の眉間を撃ち抜いていた。大きく目が開かれた。後頭部から血がしぶく。

周りの人間たちは、一瞬、何が起こったのか理解できなかった。真後ろで銃を握っていた男は、自分の銃から銃弾が飛び出たことすら、気づいていないようだった。

工藤は銃を奪い取るのと同時に、一本背負いのような格好で腰を跳ね上げ、男の腕を引いた。銃を持っていた男の体が、ふわっと浮き上がった。

男の体が三峯たちに向かって飛んでいく。三峯たちはそれを避けようとして、左右に飛びのいた。

工藤は男から奪い取った銃で、周りの男たちを至近距離から撃ち抜いた。

一人は、顎の下から顔面を吹き飛ばされた。一人は、股間を撃ち抜かれ、目を剝いてうずくまる。

「や、殺れ！」

三峯がようやく号令をかけた。

工藤は前方に転がりながら、撃ち殺された男の銃を拾い、目にも留まらぬ早さで枝通路に飛び込んだ。

狭い空間に、いくつもの銃声が響いた。そこに工藤の姿はない。同士撃ちになり、トレーナーや研修生が、次々と倒れ転がる。

「違う！　こっちじゃない！　枝通路だ！」

「右側だ！」

「違う、左側だ！」

怒号が銃弾が四方に飛び交う。研修生たちはパニック状態に陥っているようだった。

工藤は壁に背中を押し当て、顔を少し出した。三峯の姿が映る。腕を伸ばし、三峯に向かって、銃を撃った。弾は左の二の腕に命中した。

工藤は逃げていく三峯を追いかけようとした。行手に、山岸が躍り出てきた。右手に握ったナイフの切っ先を突き出してくる。

工藤は仰け反るようにしてナイフをかわし、山岸の足に向けて銃を放った。

右太腿を撃ち抜かれた山岸は、ガクッと膝を落とした。フッと顔を上げ、自分に向けられた銃口を凝視した。みるみる表情が強ばっていく。

工藤に躊躇《ちゅうちょ》している余裕はなかった。反射的に引き金を引いていた。飛び出した弾丸は、右頭部を吹き飛ばした。

山岸は右膝をついたままの格好で、ゆっくりと真横に倒れていった。

工藤の頰を銃弾がかすめた。弾の方向を見る。久賀がリボルバーをこちらに向けていた。

工藤は枝通路に引っ込み、久賀に銃を向けた。しかし、久賀との間では、興奮状態の研修生たちが揉み合いながら、互いに殺し合っていた。どうにも的が絞れない——。

久賀は自信あり気な表情で、こちらを狙っていた。腕に自信があるだけに、一発で仕留めようとしているのだ。

その時、工藤の目の前で揉み合っていた二人の研修生が、同時に互いの胸を刺した。

倒れた瞬間、久賀は来るだろう。チャンスは今しかない！

工藤は枝通路から飛び出して、二人の研修生の背を思いきり蹴飛ばした。

久賀の方によろめいていく二人の研修生に隠れて、工藤が飛び出した。すかさず、久賀が引き金を引いた。が、銃弾はすべて研修生たちの体に吞み込まれた。銃声が途切れた。

もう弾がない。

二人の研修生が倒れた。必死に銃に弾を込めようとしている久賀の姿が現われた。工藤はためらわず、久賀の額に銃弾を撃ち込んだ。

いつの間にか銃声はやんでいた。気がつくと、まともに動けるのは工藤ぐらいなものだった。生きている連中もいるが、傷を負い、転がり呻いている。

工藤は、落ちている拳銃とマガジンを拾い集めた。両手に銃を握り、さらに懐に一丁を差し込む。その脇に、マガジンを左右三本ずつ差した。

「あとは、三峯か――」

工藤は、一つ息をついて、凄惨な地下室から出ていった。

螺旋階段を上がり、一階通路に出ようとした。その時、左右から出てきた二つの影に、銃口をこめかみに突きつけられた。だが、殺気はまったくない。

「久しぶりだな、工藤」

「石黒さん……？」

「ずいぶん成長したもんだな、工藤君。素晴らしい判断力だ」

「神城さんですか」

工藤が言うと、二人は銃口を離した。

「三峯なら、とっくに逃げた。おそらく、小暮会長のところへ向かっているのだろう」

神城が言った。

「これから、会長のところへ行くのか？」

石黒が訊く。

「そのつもりです」

「武器が必要だろう。用意はしてあるが」

「どういうことですか？」

工藤は、石黒に聞き返した。その問いに、神城が答えた。

「いくら殺し屋を養成する場所だからといって、有望な若者を死なせ過ぎる。会長も昔は、人材を大事にする人物だったんだがな」

「神城さんも俺も、少し会長のやり方には不満を持っていたんだ。けど、俺たちじゃ、到底かなわない人でな。そこに、おまえのような大バカ野郎が現われた」

「大バカはないでしょう」

工藤は、石黒の方を向いて笑みを浮かべた。

「亡くすには、惜しい人材も多い。私は、そんな彼らに殺し屋ではなく、違う道にも進ませてあげたい。だから――」

歯切れのいい神城にしては、めずらしく言い淀んだ。

工藤は、小暮のやり方に疑問を感じていたのが、自分だけではなかったということを知り、少しうれしかった。

「石黒さん。武器はどこですか？」

「表に銀色のミニバンを停めてある。そこに入っている。車も使ってくれ」

「ありがとうございます」

工藤は軽く頭を下げると、表玄関に向かって駆け出した。

「工藤、これを持って行け」

神城が、自分が握っていた銃を差し出した。銀色のボディの大型オートマチックだった。スライドの部分に二頭のワシの顔が刻まれている。

「なんですか、これは？」

「コルト・ダブルイーグル。三峯が会長からもらったものらしい。性能のいいオートマチックだ。こいつで、三峯と会長の最期を飾ってやれ」

「いえ、そいつはいりません。それより、車の中に44マグナム弾は入ってますか？」

「ああ、用意してあるが……」

石黒が言う。

「なら、小暮をしとめる銃は、これです」

工藤は、ホルスターからレッドホークを抜き出した。

「これは……！」

石黒が目を見開いて驚く。神城も片目を大きく開いて、マジマジと見つめた。

「なぜ、おまえが……」

「僕の父のものです。僕の父はかつて、〝紅い鷹〟と呼ばれた殺し屋だったそうです」

「紅い鷹だと！　それは、会長のことじゃ――」

驚く石黒をよそに、神城はうつむいて、フッと笑った。

「なるほど。伝説の殺し屋の息子だったわけか。どうりで、私たちが束になってもかなわないわけだ。会長の君に対する態度が急変した意味もわかったよ。工藤君、君のお父さんの活躍ぶりは、我々の誇りだ。義を重んじて、いくら金を積まれても道理の通らない殺しはしない。殺し屋というものは、こうあるべきだという姿を示してくれた方だ。その紅い鷹の名を騙《かた》った会長には、相応の処分を下してやってくれ。その伝説の銃で――」

「わかりました」

工藤は、力強くうなずいて、レッドホークをホルスターにしまうと、その場から駆け出した。

「工藤！　死ぬなよ！」

石黒の言葉に、工藤は一発、銃声を響かせた。

「彼もまた、幻の鷹となるのかもしれんな……」

神城はつぶやいて、出口へ向かう工藤の背中を見送った。

7

「どういうことだ、三峯！」

小暮は、会長室で自分のデスクを叩き、激怒していた。

「あいつは、化け物です。私らの手には負えません」

三峯は小暮のデスクの前に立ち、小さくなっている。後ろのソファには朱里が座っていた。

「相手はたったの一人よ。どんなにすごいといっても、数にはかなわないでしょ、数には」

爪を研《と》ぎながら、冷めた声で言う。三峯は、振り返って朱里を睨みつけた。

「おまえは、知らないからだ！　あいつは俺の目の前で、銃を持った連中を瞬く間に倒していったんだ。五人殺すのに、何秒だったと思う！　数秒。わずか数秒だぞ！　しかも、チーフトレーナーたちも簡単に殺られた！」

「ツバ飛ばさないでよ。汚いから」

「朱里。からむのはやめろ！」

小暮が怒鳴った。

朱里の顔が紅潮した。あまりにみなが工藤、工藤というのが、腹立たしい気分だった。

「工藤のヤツ、ここに来ればいいのよ。あんなヤツ、返り討ちに――」

朱里が言いかけたときだった。

突然、轟音が響き、建物が揺らいだ。朱里は、びっくりして、爪を研いでいた手を止めた。

小暮は、窓際に近寄り、ブラインドカーテンを開けた。眼下を見やる。ビルの玄関口から炎が上がっていた。

「なんだ、これは……」

会長室に、警備をしていた小暮スポーツの社員が、飛び込んできた。

「会長！　工藤が来ました！」

「なんだと！」

会長室の空気が、いっぺんに張りつめた。

また、爆発音が響き、建物が揺らぐ。

「ヤツは、何を持っているんだ！」

「最初に玄関を破壊したのは、ダイナマイトです。今のは、バズーカだと思われますが」

「ダイナマイトに、バズーカだと?　三峯、どういうことだ」

「私は、何も……」

「武器は、隠しておけと言っただろ！」

「私は隠しました！　本当です！」

三峯は、おろおろしながら答えた。

「裏切り者がいるというわけか……」

小暮は、ブラインドカーテンを握りつぶした。

「おまえらは、階下へ下りて全員総出で工藤を攻撃しろ。武器は何を使ってもかまわん。とにかく、殺せ」

小暮は、警備の社員にそう命令すると、三峯の方を向いた。

「三峯、裏口から抜け出してヘリを用意しろ。屋上のヘリポートまで運んでこい。急げ！」

「わかりました」

三峯は、小暮の言葉に弾かれるように、部屋を飛び出していった。

「朱里、用意しろ」

「何の用意をするのよ」

「ここは、ひとまず逃げる」

「逃げるですって？」

朱里が、気色ばんだ。

「冗談じゃないわ！　なんで工藤一人に、ここまで掻き回されなくちゃならないのよ！　会長が殺れないなら、私一人でも殺るわ」

「朱里！　わからんのか！　おまえのかなう相手じゃない！」

「私があいつより劣ってるというの！　二度とそんなことは言わせないわ！」

朱里はバッグをつかむと、中身を乱暴にテーブルにぶちまけた。

中から出てきたベレッタM92FSというオートマチックをつかみ、マガジンを引き抜いた。弾数を確認して、もう一度マガジンを戻し、スライドを滑らせる。

「あんなヤツ、マガジン一本で、充分よ」

「朱里！　まだ、わからんのか！　ヤツは、紅い鷹の血を引く殺し屋なんだぞ！」

「紅い鷹が何よ！　そんなもの、この手で殺して、私が伝説になってやるわ！　絶対に逃げないから！」

「……勝手にしろ！」

小暮が怒鳴ると、朱里は口唇を噛みしめて、部屋を出た。

小暮は、ジュラルミンのケースを取り出し、机の中のものを手当たりしだいに詰め込んだ。用意している間にも、爆裂音が響く。その音が、だんだん近づいてきている。

最後にノートパソコンを詰め込み、ケースを閉める。次に、小引出しの一番上の段を開いた。

真紅のラメに彩られた大型のリボルバーがあった。伝説の銃と同じ型のレッドホークだ。

しかし、小暮の持っているものは、本物ではない。小暮でさえも本物を見たことがないが、本物は血を吸ったように紅味《あかみ》が深いという。小暮は、悔しげに手元を見つめた。

あの銃は、私にこそふさわしい銃だ。あんな若造が握る銃じゃない。いつかヤツを殺して、必ず本物をこの手に――。

小暮はシリンダーに弾を装塡し、腰に挟み込んだ。そして、ジュラルミンケースを抱えると、部屋を飛び出し、屋上へ向かった。

朱里は、爆発音がするほうに近づいていった。銃声や炸裂音が響くたび、悲鳴が聞こえてきた。

朱里は、階段脇の壁際に張りついて、何度もベレッタのグリップを握り直した。手のひらが、異様に汗ばんでいる。

「私が怖がってるっていうの？　そんなことないわ！」

朱里はわざと大きな声を出し、自分に言い聞かせた。

階下の様子がわからない。朱里は、壁際からそっと階段下を覗いてみた。

その時、階下の通路で強烈な爆発音が響いた。炎の固まりと粉塵が階下に広がる。朱里は、爆風に煽られ、思わず首をひっこめた。

「あいつ、バカじゃないの！　何、ぶっ放してんのよ――」

再び大声で罵倒し、自分を奮起させる。が、朱里は、壁際に座り込み、膝を抱えて銃を構えていた。指先は震えている。

朱里は、多くの人間を殺してきた。しかし、銃撃戦は体験したことがない。

殺し屋は、基本的に綿密な計画のもと、仕事を行なう。殺人という危険な行為に携わっていながら、死の危険をそれほど感じたことはなかった。

が、銃撃戦は違う。一歩間違えば、自分が殺られる。死なないまでも、深い傷を負う危険性は高い。

それを平気で行なえてしまう工藤に、朱里は、本能的に恐ろしさを覚えた。

激しい爆音の後、銃声が何発か飛び交い、悲鳴が上がった。そして、水を打ったように静かな時間が訪れた。

朱里の耳が足音をとらえた。慎重だが力強く、一歩一歩踏みしめる自信に満ちた足音。

朱里は震えながらも、足音に全神経を集中させた。しかし、足音を聞けば聞くほど、朱里の中の恐怖が増幅される。

銃撃戦は、タイミングがすべてを決める。相手より速すぎず遅すぎず。コンマ数秒のずれが、文字通り、命取りとなる。

朱里の心臓の鼓動が、激しくなってきた。足音より、鼓動のリズムの方が速い。自分の中で計っていたタイミングが、鼓動の音に乱される。さらに、呼吸音がますますリズムを崩させた。

朱里の頭の中は、真っ白になっていた。

タイミングも何もかもわからない。ただ、恐怖心だけが朱里を呑み込んでいく。

まだよ、まだよ、まだよ!

朱里は言い聞かせたが、ついに堪えきれなくなり、階段脇の壁から躍り出た。

　両手で銃を構え、ターゲットに銃口を向ける。中心にターゲットがいるはずだった。が、目に映った人影は、階段の手すりの陰に退避していた。

　的を捉えてはいない。しかし、朱里の指先は止まらなかった。引き金を引く。ベレッタの銃口が火を噴いた。その時、もう一つの銃声がほぼ同時に轟いた。

　朱里の頭部が衝撃で揺れた。眉間から飛び込んだ銃弾は、脳みそをかき回し、後頭部を破裂させた。

　鮮血がしぶく。朱里は、銃を構えたままの姿勢でゆっくりと仰向けに倒れていった。

　工藤は階段を小走りで上がった。

　白いスーツは血に染まっていた。直接被弾してはいないが、かすった銃弾が服を切り、肉を裂いていた。ビリビリとした痛みが体から消えない。だが、まだ闘える体力は有り余っていた。

　工藤の右手にはレッドホークが握られていた。シリンダーを振りだし、空になった薬莢を捨てた。ポケットに入れていた弾を込め、シリンダーを振り戻す。

　残り弾はあと六発。肩にはバズーカの砲身を背負っていた。弾を詰めてある。が、これは一発だけ。これから出てくる敵の数によっては、厳しい状況だった。

工藤は周囲警戒しながら、ふと視線をうつむけた。

「朱里……」

さっき自分が撃ち殺した相手を初めて知った。朱里の傍らに立ち、静かに見下ろす。朱里は、恐怖に強ばった瞳を開いたまま死んでいた。

工藤は、やるせないため息をついた。

朱里が世話をしてくれていたときのことを思い出す。冷たい雰囲気を持っていたが、なにかと優しくしてくれもした。きっと、そこにも朱里の本当の姿があったはずだ。そう思うと、襲ってきた相手とはいえ、複雑な気持ちだった。

工藤は屈んで、朱里の瞳に左手のひらをかぶせた。開いたままの目を閉じさせる。工藤はそのままの姿勢で、瞳を閉じて、朱里の冥福を祈った。

今度生まれてくるときは、お互い、殺し屋なんて仕事はやめような……。

工藤の耳に、プロペラ音が聞こえてきた。目を開き、天井を見上げた。

「ヘリコプターで逃げる気か！」

工藤はすっくと立ち上がり、猛ダッシュで屋上へ向かった。

「小暮……おまえだけは逃がさない！」

「早くしろ！」

小暮は、ヘリコプターに向かって叫んだ。

が、声はプロペラ音にかき消される。ヘリはポートの上でホバリングし、ゆっくりと垂直に下りてきていた。

小暮は、円形の着地点の印から外に出た。プロペラの風圧に眼も開けていられない。

高層ビルの屋上に吹く風も、強かった。まっすぐ下りてきているはずのヘリが突風にあおられ、機体を傾けた。

「何やってるんだ！」

小暮は、イラついていた。

早くしなければ、ヤツが来る。

小暮はよろめきながら、再び迂回してきたヘリを見つめていた。

いったん離れたヘリが屋上の上空で停まる。

今度こそ――。

そう思っていたときだった。いきなり、空気を揺るがす爆裂音が轟いた。驚いて背を丸めた。上空を見ると、打ち上げ花火のような火箭《ひや》がヘリにまっすぐ向かっていた。

火箭が消えた……と思った瞬間だった。

上空ですさまじい爆発が起こった。ヘリコプターが一瞬にして炎に包まれ、闇が真紅に染まった。

浮力を失ったヘリコプターは、炎の固まりとなって屋上へ墜ちてきた。ヘリポートの着地点の中心めがけて、隕石《いんせき》のような速さで。

小暮は、あわてて屋上の隅へ走った。

ヘリコプターの残骸が、屋上にぶち当たった。再び爆発が起きる。小暮は、強烈な振動で動けず、その場に座り込んで、頭を抱えた。

ヘリは粉々に砕け、小さな炎の固まりとなって、屋上に飛び散った。小さいとはいえ、一片が襖《ふすま》大の大きさだった。

小暮の手元からジュラルミンケースが離れた。取ろうと手を伸ばす。その左腕に、破片が飛んできた。

「ぎゃあああっ！」

小暮は絶叫した。破片と共に、左前腕がコンクリートにぶつかった。破片は、小暮の左前腕を切断していた。

腕を押さえて、転げ回る。痛みに目がかすむ。小暮の前に人影が現われた。

「た、助けてくれ！　腕を——！」

小暮は人影の正体を見て、ギョッとした。

工藤だった。

「工藤君。私が悪かった！　助けてくれ！　私は、腕が一本、吹っ飛んだんだ。このままじゃ、出血多量で死んでしまう。頼む！　病院へ連れていってくれ！」

工藤は冷たい目で小暮を見下ろした。

「こんなヤツに、僕は人生を狂わされたのか……」

「工藤君！　頼む！　私も君を助けてやったじゃないか。工藤君！」

小暮は、右手で工藤のスラックスをつかんだ。かすかに白さが残っていたスラックスが、ねっとりとした赤に染まる。

「助けろ！　君には、私を助ける義務があるんだ。恩を忘れたのか！　助けろ！」

小暮は、叫んだ。

「こんなヤツのために、母さんや朱里たちが死んでいったのか。こんなヤツに、父さんは殺されたのか！」

工藤は、足を蹴り上げるようにして小暮の手を振り払った。右手でレッドホークをかまえ、狙いをつけた。

「真紅のレッドホークか！　私も持っているぞ、ほら！」

小暮は、腰からまがい物のレッドホークを抜き出した。

「これは、君のお父さんが、私をパートナーと認めて、譲ってくれたものだ。お父さんとは、いい仕事仲間だった。手違いで、死なせてしまったんだ。殺したわけじゃない。これが証拠だ」

小暮はレッドホークを振って、わめき立てた。

「君には、お父さんの立派な血が流れてる。君なら、私の最高のパートナーになれる。同じ真紅のレッドホークを持つ仲間じゃないか。これから、私と二人で小暮スポーツをもり立てていこう。二人で、全国の殺し屋組織を仕切っていこう。な、工藤君。工藤君！」

「くだらない……」

工藤は、引き金を引いた。

「ひっ！」

小暮が、身をすくめた。

工藤は五回引き金を引いて、小暮の周りに弾を撃ち込むと、背中を向けた。そのまま出口に向かって歩き出す。

「待て、工藤君！　待て！」

小暮が大声で呼びかける。しかし、工藤は無視して歩き続けた。

すると、後方で銃声が響いた。銃弾は、工藤の左脇腹を抉った。工藤は、目を見開いた。

冷静な顔で、ゆっくりと振り向く。

小暮が、再び銃弾を放った。今度は、工藤の右肩を弾いた。しかし、工藤は倒れない。

レッドホークを持ち上げ、小暮の眉間を狙う。

小暮がまた撃ってきた。銃弾が工藤の右頬をかすめた。

工藤はまったく顔色を変えず、引き金を引いた。

腹に響く太い銃声が轟いた。最後の銃弾が銃口から放たれる。

銃弾は、小暮のスキンヘッドを砕いた。頭を吹き飛ばされた小暮は、そのままうつぶせに倒れた。

工藤は小暮を一瞥《いちべつ》すると、痛む体を引きずりながら、ドア口を目ざした。

左脇腹の傷は、思ったよりひどいようだった。今頃になって疼《うず》いてきた。膝が震えて、思うように歩けない。だが、工藤はゆっくりと一歩ずつ歩き続けた。

帰らないと。亜香里と約束したんだ。必ず戻ると。必ず……。

工藤の薄らいでいく意識の中に、血のように紅い鷹が飛んだ。

エピローグ

小暮スポーツが壊滅した日から、一年が経っていた。

神城と石黒は、二人で小さなスポーツジムを経営していた。

「こら！　もっと、速く走れ！」

石黒は、竹刀を振り回して、檄《げき》を飛ばす。が、ランニングマシンで走っていた男は突然飛び降り、石黒を睨みつけた。

「こんなのやってられっかよ！　スポーツ選手になりてえわけじゃねえぞ、こっちは！」

「ああ、そうか。だったら、やめちまえ！」

「やめてやるよ、こんなジム！」

男はタオルを投げ捨ててスポーツバッグをつかむと、そのままジムを飛び出した。

「まったく、どいつもこいつも……」

「おいおい。また、会員をやめさせてしまったのか」

事務所にいた神城が、ゆっくりとフロアに出てきた。

「どいつも、使い物になりませんよ。たかがランニングマシンで、悲鳴上げてるようじゃあ」

「私たちはもう、普通のジムのトレーナーなんだぞ。横浜の頃とは違うんだ。もっと手加減して、優しく指導してやれと言ってるだろ。おまえのせいで、この有様だ」

神城はジム内を見回した。会員は一人もいなかった。石黒の厳しい指導がたたってか、みな、一日二日でやめていく。

「やりにくいったら、ありゃしねえな、まったく」

石黒は腹筋台に腰かけて、ため息をついた。

「工藤なんか、この何百倍のトレーニングをこなしてたってえのに……」

ふと工藤の名前がこぼれる。その名前を聞いて、神城も一瞬片目を細めた。

「神城さん。ヤツは生きてるんですかね」

「さあな……」

「あのとき、姿を消しちまってから、何の噂も聞こえてこねえ。生きてるなら、挨拶の一つもあっていいもんだと思いますがね」

「いいじゃないか。あいつは姿を消したからこそ、〝幻の鷹〟という称号を得たんだ。幻は、そう簡単に姿を見せちゃいけない」

神城はそう言って、石黒を見た。

石黒の気持ちはわかる。工藤のように、すべての能力に秀でた殺し屋は見たことがない。一つの組織を、たった一人で壊滅させた男も――。

それだけに、また会いたいとも思う。

石黒には黙っているが、神城には、それらしい噂が聞こえてきていた。

三浦半島の海沿いの小さな町に、一年ほど前、サラリーマンの若夫婦が引っ越してきたらしい。その夫はなぜか、カバンにいつも真っ赤なモデルガンを入れ、持ち歩いているという。

本当なのか、嘘なのか、人違いなのか。いずれにしても、今はこのままそっとしておいてやりたいと、神城は思う。

その男が本物の〝幻の鷹〟なら、何か起きた時にはその命をかけて、再び立ち上がるだろう。

本作品は青樹社から刊行された『赤い鷹』(1999年12月)を加筆修正したものです。なお、本作品はフィクションであり、実在の個人・団体などとは一切関係がありません。

徳間文庫

紅《あか》い鷹《たか》

2018年5月15日 初刷

著者 矢《や》月《づき》秀《しゅう》作《さく》

発行者 平野健一

発行所 株式会社 徳間書店
東京都品川区上大崎三―一―一
目黒セントラルスクエア 〒141―8202
電話 編集〇三(五四〇三)四三四九
販売〇四八(四五一)五九六〇
振替 〇〇一四〇―〇―四四三九二

印刷
製本 図書印刷株式会社

ISBN978-4-19-894322-6 (乱丁、落丁本はお取りかえいたします)

徳間文庫の好評既刊

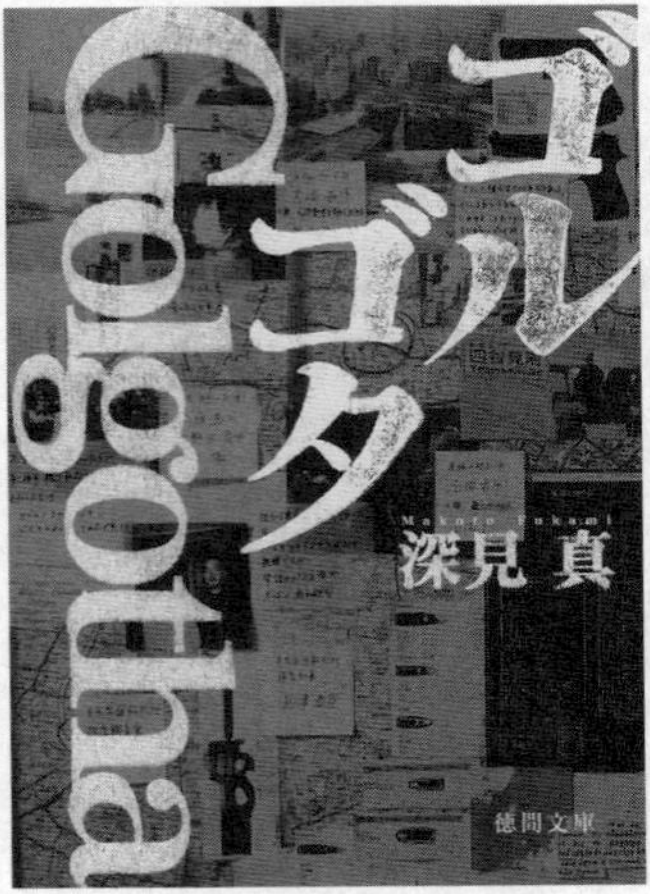

ゴルゴタ

深見 真

最強と謳《うた》われる陸上自衛官・真田聖人《さなだまさと》の妻が惨殺された。妊娠六ヶ月、幸せの真っ只中だった。加害少年らに下った判決は、無罪にも等しい保護処分。この国の法律は真田の味方ではなかった。憤怒と虚無を抱え、世間から姿を消した真田は復讐を誓う。男は問う——何が悪で、何が正義なのか、を。本物の男が心の底から怒りをあらわにしたその瞬間……。残酷で華麗なる殺戮が始まった。